# 雪地的密码

东君◎著

黄河出版传媒集团
宁夏人民出版社

**图书在版编目（CIP）数据**

雪地的密码／东君著.－－银川：宁夏人民出版社，2016.6（2023.8重印）
ISBN 978-7-227-06366-7

Ⅰ.①雪… Ⅱ.①东… Ⅲ.①长篇小说—中国—当代 Ⅳ.①I247.5

中国版本图书馆CIP数据核字（2016）第136258号

雪地的密码                                        东君  著

责任编辑   陈   晶
封面设计   胡   猛
责任印制   侯   俊

 黄河出版传媒集团 出版发行
宁夏人民出版社

出 版 人   薛文斌
地　　址   宁夏银川市北京东路139号出版大厦（750001）
网　　址   http://www.yrpubm.com
网上书店   http://www.hh-book.com
电子信箱   nxrmcbs@126.com
邮购电话   0951-5052104   5052106
经　　销   全国新华书店
印刷装订   三河市嵩川印刷有限公司
印刷委托书号   （宁）0024003

开本   880mm×1230mm   1/32
印张   7            字数   160千字
版次   2016年6月第1版
印次   2023年8月第2次印刷
书号   ISBN 978-7-227-06366-7

定价   38.00元

我的母亲只有一次怀妊之痛，我却有过无数次的重生。

——东　君

# 序

　　这是我的第一部长篇小说，即将付梓之日，我忽然想起里尔克诗歌《豹》里面的中间几行诗句：

> 强韧的脚步迈着柔软的步容，
> 步容在这极小的圈中旋转，
> 仿佛力之舞围绕着一个中心，
> 在中心一个伟大的意志昏眩。
> ……

　　这篇粗陋的小说，当然不能和这位杰出的诗人之诗相比。这首诗不是为我小说而说的，而是为人的存在而说。在我看来，每一个生命存在的力度都因某种神秘的力量牵引。无论平凡还是伟大，无论善良还是邪恶，都不能使它有所改变。唯如此，才获得生命的意义。存在即是意义的一切。本书就是关于生命意义的追问，更确切地说，是关于爱和存在的追问。

　　处在城市和乡村之间没有生命之根的王蠹，一个偶然的冲动错爱，灵魂逐渐被爱撕裂，陷入爱的囹圄，自我折磨。他看着自己爱的人被他者伤害，却无能为力，甚至不能给予一个拥抱。他在苦难中徘徊、追问，不断受到挫折，又在痛苦中怀疑和自我救赎。

　　他苦苦地寻找，努力地奋斗，在冰冷的现实生活中，面对命运的偶然，他挣扎着，跌跌撞撞，但命运之神没有眷顾他……

东　君

2016 年 6 月 20 日

# 第一章

一

北方的雪下得有些多情，甚至有些残忍，连续下了两天，没有停的节奏。

王矗站在车厢里，茫然四顾，试图找到一个熟悉的人影，一张张在寒风中冻得有些憔悴的脸让他有些失望。一阵冷风除了让他更加的孤独外，找不到任何存在的痕迹。

坐了二十多个小时火车，没有合过眼，眼袋鼓着，拖着疲惫的身子，在嘈杂的人群中，他下了火车，随着人流朝着出站口走去。他深深地叹了一口气，气流在零下十几度的空气中很快形成一团雾，又很快散开。

鹅毛大雪凌乱地飘着，王矗顾不得那么多，任雪花飘落在他几天未洗的油腻脏乱的头发上。刺骨的寒气吹进他的脖颈，他不禁打了一个冷战，下意识地紧了紧那条灰色的围巾。

围巾又长又厚，是古月在学校的时候用了近一个月时间给他织的。古月编织的时候，萧玉还开玩笑说："你那围巾那么长，简直像一条套马绳，把它拿去套王矗，肯定能套得住他的心。"

他显得有些麻木，眼镜片被雾气罩着，他将手插在衣袋里，懒得去擦，低着头，一不小心撞着前面的一个旅客，被对方啐了一口，淡然说了一声"对不起"，低着头又向前走，脑中掠过这两年来的人和事。

古月、萧玉，他有些吃力地回想两个人的脸，却无法拼凑。两人留给他的，仅仅是一种意识。这种意识长久以来一直穿透他的骨髓，发出隐隐的痛。

一年前，王翥考研时第一志愿落榜，对于要不要调剂到一个"野鸡大学"，他徘徊着，像一条挣扎在现实的滩上的鱼，在残酷的社会阶梯上，他努力地向上爬，可阻力太大，他无可奈何。

最后他接受了大学老师的建议，选择了调剂。

他坐了两天两夜的火车，到了距家三千多公里的 W 城。在火车上，他的胃炎发作，两天两夜颗粒未进，到学校的时候，他疲倦得像一匹刚卸下重物的马，又累又饿，本来打算去输液，但第二天就要面试，他强忍着，胡乱往嘴里塞了几片干面包。

他根本来不及准备面试，他对自己说，只是碰碰运气，算是对自己的一种安慰。一到W城，面对着那种他从未见过的异域天空的蓝，肃穆而崇高，他将灵魂沉浸在那神的天国里，随手写了几首诗。

第二天早晨，王翥拿着自己的手写稿，就去面试了。到了面试的地方，才知道他是第一个到的，空荡荡的走廊上一个人影也没有。

他站在走廊上，开始小声地背自己写的诗。

不久，古月和萧玉出现了，她俩也是调剂到该校的。

那时王翥将思绪全部集中在朗诵的诗歌上，两个女生急匆匆地从走廊的另一头走来，并没有引起他的注意。

"你好，你是文艺学来复试的学生吧？"古月怯怯地问。

"是的。"王翥正望着远方还覆盖着雪的连绵的群山，头也没回，有些冷酷地说。

"太好了，我还以为我们专业就我一个人来复试呢！终于找到一个伴了。我叫古月，H省的。"古月雀跃地拍着手，像个小天使，一口标准的普通话，让王矗不禁扭过头来打量起面前和他说话的女孩：高帮帆布鞋，灰白牛仔裤，棉质的棕色长袖T恤，白皙的脸，身高一米六左右，马尾辫，棉质的提包，包的两面各有一只大大的眼睛，眼睛里没有眼泪，没有笑容，没有温情……

王矗不喜欢和人搭讪，但那一次是一个例外。与其说是被古月天使般的纯真吸引，还不如说是古月背包上的那一幅眼睛图案给人强烈震撼，让他无所适从。当他面对着古月的时候，古月挂在手臂上的棉质包上的眼睛仿佛一下攫取了他的整个灵魂。

在那么一瞬间，他骨子里的高傲被眼前这个女孩驯服了。古月身上的单纯，以及单纯中的桀骜不驯，让他着迷，使他乖顺而又和气地跟她交流。

他说不出为什么有那种感觉。在王矗看来，那只眼睛象征着强大的占有，是一种无上的威权。这种威权掩盖在古月单纯的表情下不易被人发现。

古月可能从来没有意识到，甚至身边的其他人也没有意识到。王矗意识到了，他接触过很多的女孩，从来没有像古月这般给他深刻的印象。

"这是萧玉，我的大学同学，上大学时和我同一间寝室。"在王矗还在发愣的时候，古月介绍说。

"你好，我叫王矗。"王矗自我介绍道。王矗将注意力转移到了萧玉的身上：白色运动鞋，深蓝色牛仔裤，淡红色衬衣，一个红色的蝴蝶结束着发髻。

　　在交谈中，王翥知道古月和他是同一专业。考研的时候，萧玉和古月报考的本不是同一所大学，但第一志愿没有过线，选择调剂的时候两人就选择了同一个学校。

　　他们正聊着，旁边的门被一个微胖的男子打开了，并从隔壁的办公室端来开水，准备答辩现场。开水放好后，他走出来和他们说话。

　　"你们是文艺学来答辩的吧？"

　　"是的。哦，你是老师？"古月好奇地问，她的样子像个小女孩。

　　"呵呵，我像老师吗？我是你们文艺学的师兄，姓余，你们叫我余师兄好了。"

　　"余师兄，面试难不难？"

　　"不难，你们放松好了。本来我们专业有六个名额，从其他大学调剂了四个人，来的却只有两个人。放心吧，录取的几率蛮大的。"余师兄宽慰着他们说。

　　"是吗？太好了，总算有地方可以收留我们了。"古月像一个小姑娘似的拍着手说。

　　几个人在那里闲聊着。不到十分钟，走来了三位老师，前面的一位七十多岁，精神矍铄，身体比较硬朗。王翥看到他，不由得想起了颜真卿的字，中庸而坚韧。后来王翥才知道，他是文艺学专业老专家，姓张，人们习惯尊称他为"张老"。后面跟着一男一女两个老师，男的那位微胖，即后来王翥的导师余鹏。女的叫吴丽，后来成为古月的导师，两人都是张老的弟子。

　　"老师好。"古月、萧玉、王翥同时弯腰向三位老师鞠了一躬。

　　"就你们三个兔崽崽？"张老师笑着问。

　　"是两个，一个是现当代文学的。"余师兄回答说。

　　"不是说调剂了四个吗？怎么来了两个？"张老师继续问。

　　"不清楚。"吴丽答道，三位老师随后走进教室，余师兄也跟着进去。

"王蠢,你先进来复试,下一个古月做好准备。"不到两分钟,余师兄走出来喊道。

王蠢进去后一看,三位老师端坐在教室的第一排,余师兄坐在另一边做记录。一张椅子放在正对三位老师的地方。

王蠢礼貌地鞠了一躬,说声"老师好",得到允许坐下后,开始自我介绍。随后就朗读起自己头一天写的一首名字叫"狼"的诗来:

> 蓝色的天宇下
> 没有声响
> 所有的生命都在聆听
>
> 一只灰色的狼
> 遗落在沙漠里孤独地怒喊
>
> 它两只眼睛
> 像盛开的天山雪莲
> 花瓣上有神秘的语言
>
> 再也无法丈量与群落的距离
> 它望着远方的地平线
> 一簇幽紫的希望之火在燃烧
>
> 天山下
> 沉睡千年的雪山
> 开始醒来
> ……

他充满激情地朗诵着，声音洪亮而富含磁性，忘记自己身在何处。后来古月告诉他，当时她和萧玉在门外都听见了，她听出他的孤独，他的高傲，他对命运的反抗，他的野性……

他朗诵完，三位老师就鼓起掌来。接下来问了几个常识问题，他凭着扎实的基础，并不在话下。

"那诗是你写的，真是诗人。"王翥一出来，萧玉马上打趣道。

"让你们见笑了，别乱说，否则我要说你才是诗人呢。现在大家都把诗人当作疯子。"王翥回应说。

"难不难？"古月问。

"不难，他们问我大学时候开了些什么课，如实回答就行了。其余的问题都是常识性的。"

古月随后就进去了。萧玉和王翥在门外等着，从见面开始，王翥和萧玉才说了不到五句话。

两人开始闲聊起来。

王翥没想到，萧玉和他一样，非常喜欢加缪，古诗词脱口而出，王翥被她广博的学识所震撼。真是"北方有佳人"，王翥在心里对自己说。

一会儿，古月愉悦地从里面蹦出来。

"我还以为好难，哎呀，害得我昨晚熬了半晚，结果只问了两个问题。好饿，走，我们去吃早饭，还没吃早饭呢。"古月一出来就有些兴奋地说。

"算是见面礼，我请你们吃这里的特色小吃，我在工作，你们还是学生娃娃。"王翥说。

"好吧，看起来比我个子还小，还冒充大人。"萧玉打趣着王翥。王翥和萧玉身高差不多，王翥很瘦，看起来个子比较矮，萧玉故意那么说。

"我想喝丸子汤，就在校门口，今早上过来的时候就看见了。"古月说。

"吃货！"萧玉说。

"我就是吃货，怎么啦！"古月啐了萧玉一口。三个人有说有笑地下了楼，还未到校门口，就接到余师兄的电话，说两人都被录取了。

萧玉是面试完就被通知录取了的。三人都异常兴奋，打算吃完饭去城里逛一逛。

王矗订了当晚回G省的票，陪着古月和萧玉逛了一天的街，他们相互留下联系方式就离开了。

## 二

王矗上了回G省的火车，发现车厢里空荡荡的。尽管已经下午八点，但是夕阳才开始西沉，一束束的阳光从窗外射进来，西域的春天在有些微冷的风中钻进了车厢，随着呼吸进入每位旅客的躯体，浸染着他们的灵魂，滋润着他们的生命。

整列火车上只有两百余人，列车长放宽条件，让大家在保证卫生的前提下，可以自由选择座位。王矗习惯了独处，这刚好契合他的习性。王矗提着行李从第二节车厢一直走到火车尽头的第十七节车厢，空旷的车厢里只有他一个人。他躺在长长的座椅上，仰着头，萧玉的爽朗和古月的纯真浮现在脑际，但几天来的紧张和劳累使他躺下后很快就睡着了。

第二天早上，他在列车广播中张国荣那首忧郁而磁性的《共同度过》的歌声中醒来。他抬起手腕看了一下手表，已经是八点十分了。他想，居然睡了十二个小时，没有醒来。列车早已经驶出W城，在茫茫的戈壁滩上如长蛇般地穿梭着。

他有一丝丝的恐惧，经过一夜的行驶，上上下下也有十几个车站，车厢里面居然没有人来，窗外的戈壁一望无际，太阳在天地交际处正徐徐上升。要不是歌声结束后广播里传来广播员的声音，他真担心火车正驶向天空之城，他都想提着包往前走了，但一想是自己的幻觉，便拍拍自己的头，打消了念头。

王鼒洗漱好，打开袋子拿出一袋牛奶、一个苹果、一袋饼干，吃完又冲了一杯暖暖的奶茶，斜靠在座位上，安静地望着远方的地平线整理着思绪。阳光斜斜地射进来照在脸上，他的整个生命仿佛也获得了春阳的滋润，比刚来复试的时候看起来精神多了。

列车上卖零食的丰满少妇推着小车走过来，吆喝一声，见王鼒没有买的意思，转身又走了。

王鼒扭过头，望了一眼那丰盈的屁股，摇了摇头，喝了一口奶茶，又扭过头望着车窗外一望无垠的戈壁滩。他回想起面试时，古月进去面试后，和萧玉的对话。

"你干吗放着好好的工作不干，来这样的一个学校读研?"萧玉问。

作为一个农村出生的孩子，从小开始，王鼒就在生活的重担下磨砺着，割草、插秧、收稻子……过多的苦难在涤荡着这颗不安的灵魂。但作为普通的小老百姓，他对社会了解太少。人生要走的路，在他生活过的圈子里，没有可以模仿的对象，所有的路都要靠他一个人不停地向前摸索。他不知道所谓的梦想的终点在什么地方，然而，他又始终怀着向上的勇气。面对将来的职业，他有些茫然，尽管从大一开始，他用了四年的时间一直在思考，一生要做的事，但当临近毕业的时候，他还是不知所措。

最后，他选择做了一名记者。

他走上媒体岗位的第一次采访就是为一个十六岁还在上小学六年级的小女孩捐助呼吁。小女孩生活在偏远的农村，她家里近三个月的收入，是靠卖鸭子得来的 25 元钱。小女孩母亲患有精神病，时常乱跑，她父亲憨厚老实，家里仅靠他种庄稼维持生计。小女孩还有一个两岁的弟弟需要她父亲照顾。当时小女孩检查出来患有先天性心脏病，如果不立即动手术，仅有两个月存活时间，但动手术后，也只能活到25岁。活生生的现实残酷得如洪水猛兽，让任何人都无法反抗。尽管在媒体的呼吁下，小女孩成功地做了手术，但残酷的现实还是无法让人接受。

作为媒体人，他几乎每一天都在直视着社会的黑暗、苦难、无奈和荒诞，让他对生命逐渐悲观起来。

工作越久，王翥遇见的残酷现实越多，但他的心灵并没有因此变得麻木，相反他变得更加的敏感，更加的纯粹，他试图找到那些命运中无奈的偶然背后的答案。

"做记者的时候，我发现很多新闻仅仅是一种现象。当我要剥开现象，试图发现新闻背后深层次的本质时，我无能为力，想通过读点书解决这个思维上的'瓶颈'。"王翥对萧玉说道。

"完美主义者！平时喜欢读一些什么书呢？"萧玉问。

"很难说了！每一个作家都有自己独特的地方，他们都是其所处时代的一只眼，以自己的视角解读着生活、命运和世界。我最近在读加缪的《局外人》。"王翥答道。

"难怪你看起来郁郁寡欢，是还没有从小说中走出来吗？"

"可能最近比较疲倦吧。"

"谈谈读后感吧，诗人！"萧玉打趣道。

"其实人生根本没有意义。人一辈子，只不过是将碎裂的日子串联起来的时间轴。每一个人，每一件事你都可以置身局外。每一个人整天都在推着西西弗①的沉重巨石。可我们不该悲观，

---

①《西西弗的神话》是法国作家阿尔贝·加缪一部哲学随笔集。加缪一生创作和思考的两大主题是命运的"荒诞"和"反抗"。他的哲理随笔《西西弗神话》是他对于命运荒诞哲理最深入和集中的考察以及最透彻和清晰的阐释。西西弗这个希腊神话人物推石上山、永无止境的苦役无疑正是人类生存的荒诞性最形象的象征；但同时，他又是人类不绝望，不颓丧，在荒诞中奋起反抗，不惜与荒诞命运抗争到底的一面大旗。

无论什么样的时代，都存在有'鼠疫①'，在面对'鼠疫'的时候，你的选择就决定了意义的存在，你活着，总该有属于你做的事，你该承担的责任，要么像里厄医生一样默默地站在事件场的中心，好好奋斗，付出自己对世界的爱，要么像个'局外人'一样，将一切都解构。其实不管什么样的选择，最后都归于尘土。"

"别那么悲观嘛，好好生活，我们都还年轻。"萧玉安慰道。

接着，他们从古代文学谈到现当代，又谈到王翥的工作。直到古月出来，打断两个人的对话。

想着面试时的际遇，王翥叹了一口气，冰冷的车窗上立即凝聚了一团白雾，又慢慢地散开。

从工作以来，他的神经都紧紧地绷着，很少放松过。头一天在巴扎时与古月和萧玉相处，让他彻底放松了一次。古月展现出来的单纯与童趣，刚好是这个见惯了虚伪的男人的开心剂。萧玉的体贴和温柔，使他长期奔波劳累的心有了短暂的依靠。在王翥眼里，她们像两朵娇羞而颜色迥异的月季，他都喜欢，难以取舍。

凭着感觉，王翥便给萧玉发了一条短信："到哪儿了？"

---

①《鼠疫》是法国作家加缪最重要的代表作之一，通过描写北非一个叫奥兰的城市在突发鼠疫后以主人公里厄医生为代表的一大批人面对瘟疫奋力抗争的故事，淋漓尽致地表现出那些敢于直面惨淡的人生、拥有"知其不可为而为之"的大无畏精神的真正勇者不绝望不颓丧，在荒诞中奋起反抗，在绝望中坚持真理和正义的伟大的自由人道主义精神。

## 三

古月和萧玉面试结束后，两人就一起回去办理本科毕业各种手续，等待着六月份拿毕业证。

"你觉得王翯这个人怎么样？"萧玉收到王翯的信息后，并没有告诉古月，只回了一句："进戈壁了，你呢，胃炎没再犯吧？"萧玉记起王翯跟她说过来复试的时候，在车上胃炎犯了的痛苦。于是，萧玉关心地问了一句。发完信息，萧玉问古月。

"怎么啦，看上那个小白脸了不是？"

"别胡说，我只觉得他这个人挺有趣的。"

"还说没有，脸都红了。我看你们两个人挺有夫妻相的，要不要开学以后我去撮合一下。"古月逗着萧玉说。

"我只觉得，他很纯粹，聪明而敏感，多情而少言，干净而忧郁。你看我们面试结束后，我们去巴扎的时候，他时时刻刻都绷紧着神经，观察着周围的一切，话不多，值得人信任。"萧玉说。

"可能是他做记者的职业习惯吧！我觉得他像一个'神人'，从来不看手机和手表，将时间计算得那么准，好像有特异功能。"古月想起当时他们三个人去巴扎游玩的时候，她几次问王翯时间，王翯一顿，眼珠子一转，报一个数字，居然和她手机上的时间相差不到两分钟。

王翯这种敏感，是在做记者的生涯中训练出来的，时时刻刻都在注视着周围的一切。他对自己吃饭、睡觉、上厕所、看书、走路……所花的时间都了如指掌，更甚的是，他对自己一分钟说多少字，也有一个把握。读研后，自由了许多，也放松了许多，这种习惯也就消失了。

"他就像一台机器。"萧玉说。

"这台机器还会写诗呢!"

"怎么,你迷上这台机器啦?"这次轮到萧玉打趣古月。

"瞎说!看我不割了你舌头。"古月正要伸手去挠萧玉的痒痒,这时萧玉的手机响起。

"谢谢关心,我也在戈壁滩上了。你们还好吧!"是王蠢回的信息。

"饶了我吧,有短信!"萧玉趁着手机振动的时候,赶紧躲开古月的痒痒,拿起手机回王蠢的信息。

"是小白脸发来的是不是?"古月问。

"不是!"为了避免古月的进一步的追问,萧玉撒了一个谎。

## 四

回去后,王蠢继续他的记者工作。

几年的奔波让他身心都有些疲倦了,残酷的现实让他觉得自己无能为力。当面对一篇篇费尽周折采访而来被"枪毙"的稿子的时候,他有些绝望。

每当夜幕降临,他常常站在租来的房子窗前,面对着逐渐冷却下来的车水马龙,远处闪烁着充满欲望的霓虹灯,他像一只从荒野遗落在城市的野兽,孤独而无所适从,他的理想和肉身都像被世界遗忘了。一张巴赫的 CD,一杯红酒,一本《里尔克诗集》,陪他度过无数的不眠之夜。

对于考上研来说,的确是一件值得高兴的事情。他的家人、朋友都为他高兴,可是他总高兴不起来。辞职读研,读研以后路怎么走,他无数次地问过自己,没有答案。生命太短暂了,如何找到一件值得自己花整个生命去做的事,他不断思考,不断彷徨,尽管在彷徨中,逐渐悲观起来,但他心中永远怀着希望,爱着身边的每一个人,爱着这个世界的。

他的人生没有参照，他所经历的都是新的，他的父辈无法给予一个模板。他茫然失措，他无法为自己做出正确的人生规划，只能走一步算一步。对于好多人羡慕的记者工作，稳定而收入不低，的确可以让家里早点走出困境。然而，在他的心里，一直有一个未能到达的平台，内心有一只向前奔跑的狮子，让他不停地奔跑。

他即将读的大学，正如后来的室友黄军所说，像一所"野鸡大学"，说不定读研后，还找不到他当初那样的工作。

或许是太累了，他想逃离，逃离的是什么，他不知道；他想向前走，走到哪里，他也不知道。

一次特殊的采访，让他决定换一个环境。

一个雨夜，他接到一个热线电话爆料——拆迁出人命。他意识到那可能是一个大的新闻事件。挂断热线后，他就向领导打电话汇报，并得到允许去采访。

事情的缘由是这样：在一工地上，由于拆迁补偿一直没有谈拢，房主就没有进行搬迁。那天晚上，规划局领导再一次和房主谈判，并请房主吃饭，饭局上喝了不少的酒。在午夜的时候，规划局领导带领一帮社会上的混混先将房主电源切断，然后将房子用推土机推到，还未跑出的房主妻子被压死在废墟中。

他想尽办法，冲破层层的武警、便衣，甚至是熟悉的政府官员，见到死者的家属，完成采访任务，然而稿子得不到见报。最后，当地政府出钱了事，应被刑事处罚的一些人并没有得到应有的惩罚。

他慢慢发现，这个社会比他想象的复杂，作为一个从农村成长起来的孩子，江湖的水太深，他永远搞不懂，也无法涉足。作为一名普通的百姓，能过上平凡的日子就足够了。

王矗的父母逐渐衰老，他努力想多挣一点钱为家里减轻负担，但他心灵受够了折磨，可以说是伤痕累累。第二天晚上，当他面对着被毙的新闻稿，他拨通萧玉的电话，有些哽咽地向她诉说着自己内心的痛楚，还有自己的想法。

从面试以来，两人就没有中断过联系，从面试结束到辞职读研的那一段时间里，王鼐也逐渐变得乐观一些，常常是伴着萧玉温暖的问候入梦。

萧玉其实也面临着经济上的困顿，由于是调剂，读研三年的学费和生活费都是自费。王鼐不断鼓励着她，要她相信天无绝人之路，总会想到办法的。毕竟已经本科毕业了，兼职挣点生活费和学费难处不是很大。

他们彼此同情着各自的遭遇，都在预想着能在读研中能够彼此相惜。

# 五

王鼐下了火车，又坐了近两个小时的汽车，才来到古月所在的县城。已近黄昏，他背着背包，终于来到他的目的地——北方的一座小县城的人民医院。

他站在门口，心情有些沉重，他也说不清为什么会那么执著地来到这里，或许是一直存于心底未曾熄灭的希望之火。

飘着雪的天空灰蒙蒙一片，有些压抑。

城市不眠的灯火延续了人们白天的欲望。王鼐抖了抖身上的雪花，踏进医院的大门。在医院的登记处登了记，径直来到五楼一间病房门口，轻轻推开门。

一根白色的输液管映入眼帘，黄色的液体顺着细细的塑料管从输液瓶直接进入横放在床沿上的一只白皙而瘦弱的手臂里的血管中。古月好像是睡着了。

王鼐轻轻放下行李，顿了一顿，缓缓走向床边，俯身下去，将有些干涩的嘴唇贴在古月的额头上。

一滴有些滚烫的泪滴落在古月的脸颊上。

古月醒了，她并没有睁开眼睛。她熟悉这样的动作，熟悉那久违的爱的味道。

"你怎么来啦?"古月缓缓吐出几个字。

王耄没有回答，继续将嘴唇贴在古月的唇上。

古月试图用未打点滴的那只手推开王耄。她太瘦弱了，推了两下后，就被王耄拉住紧紧握在手里。古月紧闭嘴唇，她知道她的病会传染。然而在迟疑几秒后，她还是不由自主地松开了牙齿，任王耄多情的舌头缠绕着自己的灵魂，或许在那一瞬间，古月心里固守的壁垒被冲破了。

王耄知道古月的病症，也知道得病以后的结果。然而，他义无反顾。

这超越死亡的一吻，像一道闪电，在两人的心里闪过。

王耄那张大嘴像是一个爱的黑洞，死死地缠住古月，使她无法呼吸，无法反抗。两人将几个月来所有的情感通过缠绕着的舌头来诉说。有那么一瞬，他们似乎忘记了身在何处，即将面临的困境。

古月实在忍受不了长久的憋气状态，不由得将头扭向另一边，才挣脱王耄磁石一样的吻。她瘦弱的身体猛烈地咳嗽起来，仿佛整个心脏都要咳嗽出来。等她咳嗽完，王耄赶紧从床头柜上拿起杯子，倒了一杯温水递给她。

古月喝了几口水，歇了一会，才缓缓地说:"会传染的，你知不……知……道……"古月咳嗽得有些厉害。

"什么都不要再说了。"王耄冷冷地说了一句。

"是谁告诉你我的情况的?"

"别管了，现在最重要的是我已经站在你的面前，你好好养你的病。"

"我妈快来了，你还是走吧! 他们一直反对我们在一起，尤其是我爸。"

"我来都来了，害怕啥呢？"

古月又咳嗽起来，王矗轻轻拍打着她的背。

这时门咯吱一声打开了，进来一位五十岁左右的妇女，有些微胖，步子快而沉重，直奔古月的床边。

她是古月的母亲。其实，刚才两人的对话她都听见了。

古月的母亲见过王矗的照片，她本是去药房给古月拿药的，刚才看见王矗进来，她特意在门口待了几分钟，可又担心王矗搞出什么乱子来影响古月，听见古月咳嗽，她不得不赶紧进来。

"阿姨好！"王矗听见门响后，礼貌地站起来，望着古月的母亲打了声招呼。王矗猜测着对方是古月的母亲，不管怎么样，从外貌上来看，对方的年龄和他母亲的年龄差不多，叫声阿姨是恰当的。

接着，古月也叫了一声"妈"，王矗更加肯定了自己的想法。

古月的爸妈一直反对两人在一起。尤其是她的父亲，说是一个属虎，一个属龙，"龙虎斗"不和，加上两家距离太远，怕古月以后回家不方便，他坚决反对两人在一起。

古月的母亲边照顾古月吃药，边和王矗寒暄。问他吃过饭没有、冷不冷之类的话。

其实王矗已经两顿没有吃东西了，的确有些饿。

古月病床旁边有一张折叠床，只能供一个人住。他们的家距医院仅有几百米的路程，古月的母亲让王矗去他们家住。本来王矗想提出晚上由他来照顾古月，让她母亲回去住，话到嘴边又咽下去了。坐了几天火车，一身酸臭，得冲个澡，休整一下，为接下来的事情做好准备。

王矗扯了个谎，说已经预订了宾馆。

# 六

王翥的到来，对古月的家里人来说，是一个意外。虽说他们知道王翥和古月曾经谈过恋爱，但毕竟两人已经分手。后来发生的许多事情早已冲淡了他们对王翥的记忆。

古月的病，在现代医疗技术下，医治好是极有可能的。可发现得迟，医生说，治好的可能性只有百分之三。

当古月的母亲看见王翥的那一刻，作为女人，有那么一瞬，被那种超越生死的吻触动。她心里的怒火，被爱扑灭了。

在古月有限的生命里，她不愿拔掉古月生命中的最后一棵"绛珠草"，她无法干涉古月逐渐减少的幸福。她看到王翥来了以后古月高兴的样子，她的各种思绪纠结在一起，眼泪涌出眼眶，作为经历过风雨的人，她抑制住自己的情感。她除了接受现实，别无选择。

她不知道在私下里流过多少泪，每当看见古月瘦削的身体咳嗽不止，痰中带着血丝，比割她的肉还难受，一个生命似乎就要陨落。

古月曾经是家里人的希望，从小性格就独立，表面上看起来像个男人，可是当她站在男人旁边的时候，始终是一个女人。在北方，重男轻女的传统像个魔咒缠绕着那些黄土地上生活的祖祖辈辈，作为长女，她要担任更多的角色。

作为男人，古月的父亲只有默默承受着生活给他带来的一切不幸，他必须接受痛苦的洗礼。他老婆生的是两个女儿，让他在家族里每次说话声音都要低半个调，一切都源自他没有儿子。

或许，生活的艰辛早已磨掉了他生儿子的愿景，让他乐于接受生活给他的一切。他有两个如花似玉又懂事的女儿，两人的学习成绩很好，都考上了大学，大女儿上了研究生，这让他增长了不少的自信。残酷的现实似乎又让他沉静下来，将痛苦的心深深包裹起来，显示男人坚强的一面。

他也一度反对过古月和王矗在一起，想将古月留在身边。三年前，他修建了一栋小洋房，还有一些积蓄，在食品厂是一个中层领导，古月考上了研究生，让这个年近五十的男人春风得意。不幸的是，古月考上研究生不到一个月，他老婆检查出来得了脑肿瘤，花光了家中所有积蓄，还欠了很多外债。虽说是良性肿瘤，但一直都要靠昂贵药物维持。接下来古月读研，古月的妹妹上大学，加上古月的病……近三年来发生的一切，让他接受了天命。

慢慢地他发现，人活着，并不是善有善报，恶有恶报，人生不是那么回事。很多事情，并不是善报恶报那回事。根本就不能拿善恶这杆秤去衡量天下所有的事情，这样的价值评判从一开始就是赤裸裸的幻想。他常常叹气，回想自己前半生，并没有做过大恶的事情，而且常常乐善好施，只想通过自己的奋斗过上普通人的日子，可惜到晚年的时候，本来该是收获的季节，却结满了秋霜。

眼看着古月的病一天天恶化，生活似乎把他一步步推下苦难的悬崖，没有救命的稻草。他必须振作，还有老婆，还有小女儿，都要靠他来供养。

他有些老了，这个近一米八高的北方汉子，尽管腰板够坚硬，但被生活的重担一步步往下压，逐渐弯了下来，头上的银丝一天比一天增多，每隔一个月，他都要到理发店染一次发，以显示自己仍然年轻。

他发现自己对生命的无常无能为力，自己构筑的梦想之塔被生活的不幸一天天摧毁，除了接受，他能做的非常少。

当王矗离开医院，古月的母亲就给他挂了一个电话，说王蠹来医院了，起初的一刻，他有些吃惊，接着就很平淡地说："明天让他到家里来吃午饭吧！"

挂了电话，刚下班的他，长长叹了一口气，口中的二氧化碳气体在零下八度的空气中迅速变成一条白色的雾气。

# 七

王蠹离开医院到外面吃了一碗热乎乎的牛肉拉面，找了个宾馆，冲了热水澡，在心里计划了一下接下来要做的事情，然后躺下睡着了。

第二天刚好是礼拜六，一大早，他整理了一下自己的东西，刮掉胡茬，换了一套衣服，拿上从南方带来的礼品，往医院走。

在一家早餐店喝了一碗粥，吃了一笼小笼包，并给古月母女俩也分别带了一份。他知道古月是最喜欢百合，到医院门口的时候，他特意买了一枝。

当他走到古月的病房门口的时候，门还关着。透过门上方的玻璃，他看见古月的母亲还趴在古月的床上，古月恬静地躺着，失去血色的脸比半年前瘦削不少，没有施粉的脸颊显出蜡黄色。

天冷，早餐易凉，他不得不轻轻地敲门。最先醒来的是古月。长久以来，古月的睡眠就不好，生病经常咳嗽，身体更加的赢弱。为了让她母亲多休息一会儿，她常常忍着。有时实在难受无比，她才咳嗽出来。

王蠹的到来，使她整晚无眠。

当王蠹用吻封住她嘴的那一刻，她紧闭着眼睛，享受着爱情幸福的同时，心也在不停地忏悔。她不知道该说些什么，除了闭上眼，任感动的泪涌出眼眶。当王蠹走后，她陪她母亲闲聊了一会儿。

让母亲躺下后，她躺在床上，回想着曾经和王蠹发生的一切。

# 八

古月面对着黑色的夜空，她回想着过去，她多么希望那些曾经痛苦的记忆从脑中消失，悔恨的泪水滚落在枕边，她甚至不敢啜泣，怕打扰她母亲。

她好想像一个孩子一样纯洁快乐地重新活过，但生命没有假设，正是生命存在的意义。

一年前，刚读研不久就到了国庆节，正赶上她的生日。天气预报说 W 城即将迎来当年的第一场雪。屋外逐渐昏暗，从西伯利亚刮来的寒风一阵比一阵狂烈和寒冷，甚至有些刺骨，雪还没来。

在 W 城市区豪华地段的一间 KTV 包厢里面，在一群人的簇拥下，她面对着一个大大的蛋糕，合上双手，默默祈祷。

唱完歌，回去的路上，王矗和她挤在车尾，他用一只手抓着车顶上的横杆，她瘦弱的身子被挤在中间，无法站稳。他不得不在拥挤的人群中用另一只手紧紧握着她的手。

或许从那一刻起，他们彼此就迈开了走进对方灵魂的脚步。

下车后，他将她送到寝室楼下，并约好第二天晚上一起吃饭。

第二天晚上六点五十的时候，他穿好衣服，给她打电话，说好到她楼下接她，一起去吃她想吃的羊肉面。

王矗十分紧张，端起杯子喝水的时候，颤抖的手都将水杯中的水抖出来了，他咬紧牙巴，说起话来有点语无伦次。

出来的时候已经天黑，下起了细雨。

两人靠得很近，他很想牵她的手，好几次伸过去又缩了回来。

快到校门口的时候，雨已经很大了，王矗单薄的 T 恤衫快淋湿了。旁边刚好有一家户外用品店，他们赶紧进去，一是为了躲躲雨，二来当时王翥带来的冬衣很少，刚好准备买一件过冬的厚衣服，他试了几件，都不是很合适。

最后，古月帮他选择了一件绿色的冲锋衣，穿上很合身，但价格有些偏贵。王翥正犹豫着买不买的时候，卖衣服的少妇说："你女朋友选的，还是买了吧！"王翥不想在古月的面前失掉面子，还是硬着头皮刷了卡。

王翥穿上刚买的衣服，将帽子戴在头上，古月也将衣服上的帽子戴起来。两人紧贴着身子，慢悠悠地默默走着。

黄昏细雨从头上缓缓飘落。

在蒙蒙的细雨中，一只强有力的手像一把强韧的剑直抵古月的内心，为柔弱的她挡住那些不确定的因子。

爱情的锁死死地将两只手锁在了一起。

这段刚诞生的爱情像一株幼苗，经不起风吹雨打。古月和王翥作为这株幼苗的守护者，小心翼翼，生怕它受损了。

嫩黄的灯光将两人的影子斜斜地拉长了，细雨中夹杂着雪花柔柔地洒落在两人的身上。王翥轻轻撩开古月前额上的头发，颤抖而有些干涩的唇慢慢靠近沉醉在爱情里的古月。

她微微合上眼，等待生命的燃烧。那条有力的舌头将古月的灵魂捣碎了，时而游离在洪水猛兽里，时而沐浴在天上人间的梦幻中。

# 九

当她听见敲门声后，睁开眼睛，透过玻璃窗，看见王蠢在门外。

头一晚的悔恨、激动还在她瘦弱的身体里煎熬。她望了一眼还在沉睡的母亲，她不想打扰她，挣扎着掀开棉被，慢慢地挪下床，小碎步移向门边，拉动把手，给王蠢开了门。

在四目相对的一瞬间，她扑向王蠢，抱紧他，好想深深地吻住王蠢，将一切话语都融在吻里。

她回头望了一眼还趴在床沿的母亲，抑制住了。

走廊上吹来的一阵冷风，在古月刚刚翕动嘴唇想说话的一刻，灌进了喉咙。她猛烈地咳嗽起来，赶紧放开抱着王蠢的手，抚着胸，王蠢几步跨到床边，放下东西，过来将古月一下抱起。

古月的母亲被古月的咳嗽声惊醒，她睁开眼睛，习惯性地看一眼床上，没有古月的影子，她不免一惊。扭转头的一瞬，王蠢已经抱着古月到了床边。

王蠢礼貌地向古月的母亲问好："早上好，阿姨！"

他将古月放到床上，赶紧轻拍着古月的背，她的母亲赶紧倒上一杯温水递过来。

古月经过一阵猛烈的咳嗽，没有施粉的脸涨得通红。她的母亲担心不已，当着王蠢的面，也不好责备她。

她心疼的泪在眼眶中默默打转。

安顿好古月，古月的母亲从床边的柜子里面拿出洗具，装在一个盆里，去了洗漱间。

屋子里只剩下古月和王蠢。

"你为什么不多休息一会儿？"古月带着嗔怒的语气问王蠢。

"不是想你嘛！"王蠢脸上带着微笑。

"油嘴滑舌的毛病一点没改。"古月坐在床上梳头发，脸上露出久违的笑。

"你看这百合多好看，太冷了，刚才有片叶子都冻坏了。"王矗边将花整理好，边说。

"你也该节约点钱，不要将钱花在没用的事情上，而且冬天的花肯定更贵。"古月有些担心王矗乱花钱。

"我王矗再穷，买一枝花的钱还是有的……"

两人正聊着，古月的母亲就端着一盆温水进来了。帮着古月洗漱完，两人开始吃早餐。

吃完早餐，刚好九点半，到了医院上班的时间。古月需要做一个透视，查看肺部感染情况。

她实在太羸弱，早饭几乎没吃，一直咳嗽不停。每次咳嗽的时候，额上豆大的汗珠不时地冒出来，滑落到她因咳嗽而狰狞得有些扭曲的脸的褶皱里，揪着每个人的心。

在将古月从床上抱到轮椅上时，有那么一瞬，古月似乎找到以前在王矗怀里的感觉。

她将头贴在王矗的胸口，尽情享受着那久违的依靠。

## 十

检查的结果要第二天中午才出来。

检查结束后，古月回病房继续开始一天的输液。从上午十点半一直输到下午七点半，共六瓶，中午有一个小时的休息时间。

打上点滴，总算有点空闲的时间。王矗看着古月的母亲疲惫不堪的身影，说："阿姨，我来照顾古月，你回去休息一会儿，下午再来吧。"

古月医疗卡上的钱又刷光了，古月的母亲要回去借钱，留古月一个人在医院，她不放心，只得同意了。

他把古月的母亲送到医院门口，说："阿姨，以前的事情都过去了，我希望古月早点好起来！"还有几句话到了嘴边又咽了下去。

"孩子，我明白你的一片苦心，外面冷，进屋子里面去吧，记得戴上口罩，以免被传染了！"

"谢谢阿姨！"王翥边回答，边从西服内侧口袋里拿出一张银行卡，递给古月的母亲。

"阿姨，这是十万块钱，密码是古月的生日，虽然不多，算是我对古月的问候吧！我希望古月能快点好起来！"

"你现在还没毕业，也没工作，哪来这么多钱！你留着花吧，你花钱的时候还在后面呢！"

"阿姨，我和古月不管未来在不在一起，我都会陪她渡过这个难关。"

"阿姨，你接受吧，这是我的一片真心。"说着，强行将卡放在古月母亲的手里。

"阿姨，回去好好休息！我会照顾好古月的。"

古月的母亲本来还想拒绝，看见很多人都在看着他们，便收下了王翥递过来的卡。

看着古月的母亲消失在人流中，王翥回到古月的病房。

"宝贝，好些了吗？"王翥亲切地问。"宝贝"这二字像一块石头一样沉沉压在古月的心上，意味着原谅古月曾经给他的所有伤痛，诠释着爱的意义。

"谁是你宝贝，我才不愿意呢！"古月调皮地说。古月心情十分的愉悦，尽管身体很弱，但是在爱情的滋润下，精神多了。

王翥脸上浮出淡淡的微笑，坐到古月的旁边。握住古月未输液的手，轻轻在手背上一吻，又放下。

"你在干吗？讨厌！这是医院。"古月的声音里也充满了生机。

"你看今天你妈的女婿帅不帅!"王蠹脸上依然是淡淡的微笑。

"臭美!"

"等你好了,我们就结婚吧?"

"谁要和你结婚啊?你还没有过我爸妈这一关呢!"古月语带嗔怒。

"今天就跟你爸妈说。"王蠹一脸的认真。

"今天说,我爸不打断你的腿。我一直想知道你是怎么知道我生病了的,亲爱的。"这是见面以来古月第一次这样称呼王蠹。

"你叫我啥?我没听见!"王蠹故意将头向古月的嘴边靠。

古月微笑着,害羞地望着王蠹。

王蠹用手掏掏耳朵:"我现在听力不好啦,你叫我啥?"王蠹开心地逗着古月玩。

"讨厌啦!"古月用手抚摸着王蠹的头发。

"你看,这半年来你白发又多了这么多,你说说你干什么去了?"

"我什么也没干,只顾想你了!"王蠹不想告诉他这半年来他吃的苦。曾经在工地上一工作就足足十二个小时。

"谁相信你啊!你说,你是怎么知道我的情况的。还有张老师他们现在过得怎么样啊?"

# 第二章

一

学校规定，关宿舍楼门的时间是晚上十二点。王矗送古月到她寝室楼下的时候已经十一点五十分了，他冒着雨跑回寝室。刚到宿舍楼下，楼管阿姨便催促着他赶快进去，说快要锁门了。

进门后，坐上电梯，上九楼。刚走出电梯，便听到楼道里有人正在玩"斗地主"，游戏中"不要""加倍"的声音格外的刺耳。这是他隔壁寝室一个马哲专业研二学长每天的必修课。每天晚上七点半开始，十二点半左右结束。

王矗记得，刚开学不久，一天上午十二点左右，王矗他们寝室的拖把坏了，没来得及买就到他寝室去借。咚咚咚，一阵敲门过后，一个穿着一条裤衩，挺着好似孕妇一样的啤酒肚，脸上长满痘痘，个高一米八左右的汉子打开门挡在门口。顿时一股混合着臭袜子、汗酸、腐烂香蕉皮的恶心味就冲过来，差点让他呕吐出来。

当汉子打开门的一瞬间，一个念头出现在王矗脑中，换一间寝室去借，但已经敲了人家的门，而且对方也已经把门打开了，只好硬着头皮说出来意。

"你好，学长，能不能把你们的拖把借给我用用。"

"嗯！"还在睡意中的汉子答应着，将门打开，走到靠近阳台位置的墙角去取拖把。

王翯扫视了他眼前的景象：床上被子、衣服杂乱堆在一起，床下面的书桌上，一台台式电脑刚刚打开，可能是刚才对方起床的时候开的机，电脑左边放着一个透明的矿泉水瓶，瓶子里塞满了烟头，右边放着一大块西瓜皮。桌子下面两双运动鞋胡乱围着一个满满的垃圾桶，桶上有些蚊虫在飞。白色瓷砖地板显得有些斑驳。当王翯接过他递来的拖把的时候，王翯不由得吃了一惊——居然是新的，一次都没浸过水。他心想："将马克思主义学成这样，也是一种境界。"

## 二

他回到寝室，空荡荡的，一片漆黑，室友黄军不在，窗外面的风在黑黢黢的夜色中疯狂地吹，有些吓人。

换了鞋，冲了一杯咖啡，拿出电脑，摁下开关。

随手给古月发了条短信说：到寝室了。

刚发送成功，将 QQ 登上，门外响起掏钥匙开门的声音，哗啦几下后，门开了，是黄军，他一只手拉着把手，另一只手在努力拔着钥匙，身子斜靠在半掩着的门上，半边脸也贴在门上，露出的另一半脸红通通的，接着就有一股刺鼻的酒气传来。看起来他又喝多了，他拔了差不多一分钟才拔出来，随口就是"他妈的，什么破门"的叫骂声。

将身子移进屋后，他随手用力将门一推，啪的一声，门又紧紧关上了。

"回来啦！今天又陪哪个领导喝酒啦？"王翯问。

"唉，又喝多了，还不是周书记，他今晚打了三次电话，说要和一客人吃饭，让我去陪酒，他自己要开车，不能喝酒。"他叹着气，带着一种被信任的满足和骄傲，摇着头，打了一个酒嗝，往他的床边走去。

在狭小的寝室里，他没走几步，就坐到他床位旁边的椅子上。

坐下后，他将身子往后一仰，椅子顺势往下降低一点，他就躺在椅子上了，头无力地左右摇摆着，闭着眼睛，望着天花板，不时地打个酒嗝，显出难受的样子。

"他妈的太不像话了，让老子喝了那么多的酒，什么领导，他妈的，畜生。"他闭着眼睛骂道。

开学以来，黄军醉酒已经不是第一次了，出于关心，在他进来打过招呼后，王矗就摘下挂在脖子上的耳机，拿过黄军的杯子，给他倒了一杯温水；从他的衣柜旁边拿出洗衣服的盆，放在他的旁边。他的样子，离呕吐也肯定不会很远。王矗放下盆以后，继续坐到电脑旁边给古月发信息。

果不其然，在他骂了约两分钟后，他双手抓着椅子扶手，吃力地从椅子上抬起头，撑起上半身，将胸贴在靠盆一边的扶手上，将头伸向盆，椅子随着他的扭动小幅度地左右转了几下，接着哗的一声，伴随着浓烈的酒味，半消化的食物就呕吐出来，尽管很恶心，但看着他难受的样子，王矗不得不站起来走过去忍着难闻的酒味给他捶背。

在一阵挣扎着的狂吐后，黄军接过王矗递上的水，漱过口，接着用王矗递过来的纸擦了嘴。擦完嘴，他紧紧握着王矗的手，说了声"谢……谢……兄……弟"后，又软绵绵地躺下，并且脸上的红晕早已不见，显出苍白无力的脸色，他闭着眼睛，手无力地慢慢地滑下去，口中还小声骂着和他喝酒的领导，声音逐渐微弱，以至于消失，接着呼呼地打起鼾来。

王矗轻轻地将他和椅子一起推开，从他的床上抱过被子，盖在他的身上，毕竟室温不是很冷，还有地暖，睡在椅子上一晚上没有什么大碍。

接着就开始打扫卫生。

等他打扫完寝室，回到电脑旁边，手机和 QQ 上已经传来好几条古月回复的信息。赶紧在 QQ 上回了一句："不好意思，刚才黄军喝醉了，我在打扫卫生呢。"

## 三

古月回到寝室后，她并没有开灯，而是借着手机的光亮走到书桌前拧开台灯。从头一天开始，她就沉浸在大家生日的祝福里。

她生日时祈的愿实现了。当她冷静下来，她有一种莫名地恐慌和害怕，这一切来得有些突然，她不知道那种恐慌和害怕来自哪里。

她的心挣扎着，她不知道该不该接受这突如其来的爱情。她坐在那里，电脑里放着巴赫的音乐，这是王矗的最爱。当与王矗和萧玉在一起时，在聊天中，她知道王矗喜欢巴赫，而且她也努力试着听，听着，听着，泪就莫名地滴下来了。她随手打开的一本书翻过了几十页，可她什么都没读到，不记得书上说的是什么。

她忽然觉得，如果真如诗词里说，人生若如初见该多好！可是她和王矗不但有初见，还相识，还在努力地相爱着。她多么希望他们相见在只有他们两个人的陌生世界。可是，一切都只是幻想罢了。为了爱，为了尊重他们相处以来她的感受，她的恨，她的无奈，她接受了这突然降临的一切。

她回复了王矗发过来的信息。

窗外的风在呼呼地吹着。古月觉得平凡的肉身过于的沉重，压得她无法呼吸。那间屋子却是如此的寂静和空虚，是对王矗的爱，抵抗着难以忍受的这一切。她觉得她是幸运的，赢得了王矗，但她也是不幸的，她的爱来得那么的不自愿，不那么心安理得。

　　事情是那么的巧，古月和萧玉的命运轨迹总是在无数次的重逢，无数次的挣扎，最后两个人被折磨。昨天古月躺在床上，就如同回到了多年前，相似的场景又一次重演，她和王翥相处的时光全部被消灭，全都未发生过。尽管王翥说他爱她，但她并没有从这种爱中获得新生。可她相信，王翥是她的，她这次要做一个命运的主导者，她不能让悲剧重演。

　　每个人的存在都因那属于自己独特的生命特质。王翥是如此的让人印象深刻，他对生活的敏感，白皙的皮肤，忧郁的脸上淡淡的笑，纯棉的格子衬衫绷紧的胸肌，他的善解人意，他的轻狂，他的骄傲，他的不经意间的粗心大意，他的真诚，他对命运的无奈和洒脱……他们都是凡人，她爱他，爱他的激情，爱他的执著，爱他的缺点。

　　她的整个灵魂，从认识他的那一天开始，就努力挤进他那瘦削的躯体。然而，王翥从一开始并不懂她的爱，她也不可能在他面前将她的心全部给他。她爱得小心翼翼，从一开始，她几乎看到她的爱情路上布满荆棘，但她义无反顾。她是如此的爱他，她几乎已经抛弃那个自己。作为女人，她何尝不知道萧玉也爱他，可是古月明白她也是爱他的，她不可能放弃。

　　有很多事，古月无法告诉王翥。她也不可能太主动，她怕被伤害，她要在萧玉的面前维持着自尊，古月有自己的难处，她是脆弱的，她心里有一条难以逾越的内心障碍。沉甸甸的现实摆在她面前，她还无法适应。从小到大，尽管家里不是很富裕，但从来没有吃过什么苦，一切来得那么突然，她想早点独立起来，像王翥一样，可是她需要时间去适应。她想从王翥那里获得力量，可是没有结果。

　　从开学到古月生日的那段时间，虽然不长，很多时候都是三个人一起吃饭，一起散步，一起说笑。在细微之处，古月能看出来王翥和萧玉的暧昧。她也看出来，王翥对她的好感，但这种好感，有点父辈般怜爱的感觉。

头一天中午，大家在一起吃饭的时候，萧玉带来一个她的追求者。古月从王翳的眼里看出来了他的痛苦，但这种痛苦淹没在大家的欢声笑语中。另外，王翳本来就话语不多，有些冷酷的脸上并没有太多变化。当时，王翳坐在古月的旁边，萧玉和她的追求者刚好坐到了王翳和古月的对面，大家偶尔开萧玉和她追求者的玩笑，在那特殊的场合，萧玉无法解释，她也无能为力。在那以前，萧玉就告诉过古月，她并不喜欢她的追慕者，她和他是在网络上认识的，但别人从几千里的城市赶过来，至少要对对方有起码的尊重。

一个人可以不爱别人，但得允许对方有向自己表达爱的权利。

王翳借着坐在古月身边的机会，以帮古月喝酒为借口，喝了不少的酒。

萧玉并没有把这件事提前告诉王翳，萧玉有自己的难处。饭后，萧玉带着她的追慕者去旅游去了。

当王翳看着他俩离开的时候，他感到了有些绝望。对王翳而言，一切来得太突然，他无法在大庭广众之下质问萧玉。内心里，萧玉是爱王翳的，但在她没来得及向他解释一切之前，就走了。

不知道是出于愤怒，还是真心，王翳将爱的航标指向了古月，他也并不清楚该怎么做，直到第二天收到萧玉的短信，他选择了握住古月的手。

在巴赫接近神的乐声中，古月不断说服自己，也在不断祈祷，或许这一切都是天意，尽管这一切发生得太突然，最后她还是欣然接受这一切。

她相信，每一个人的灵魂都是自由的，每一个人都有选择爱的权利。

# 四

选择你所喜欢的，爱你所选择的。

—— （俄）列夫·托尔斯泰

第二天是周六，是睡懒觉的好时机。王羲在上大学时养成一个习惯，无论晚上睡得多么晚，第二天早上七点半左右一定醒来。

他醒来后，在迷迷糊糊中打开手机，一看是七点三十五分，思绪还停留在昨日的雨夜里。正准备拨通古月的电话，一想到她还在睡觉，就终止了这个想法。

扭头看看黄军，他已经在半夜的时候睡到床上去了，正打着鼾声呢。他抬头望了一眼窗外，一片大白，对面楼顶上已经有三指厚的雪了。

下了床，洗漱完毕，将头一天的事简单记录在日记本上。看看时间，八点五十分，对 W 城来讲，这里处于国土的最西面，比东部地区晚两个时区。他们用的是东部时间，八点五十分，其实也就相当于东部地区六点五十分的时候，还算早。王羲拿起桌子上的手机拨通古月的电话，话筒里传来熟悉的齐秦的歌声《月亮代表我的心》。

古月迷迷糊糊地接通电话，一听就还未睡醒。电话里，王羲告诉她下雪了，古月顿时睡意全无。

那是 W 市今冬的第一场雪。王羲牵着古月的手来到操场，在雪地上踏出冬天的第一串脚印。

在操场的中央，他扭过头，望着她深情的双眸，一股暖流从胸中涌出，传遍全身，慢慢将他融化了。

王羲拉起两人的衣服帽子，盖在各自的头上，用手轻轻托起古月的头，激情在两人的唇上燃烧着。她红色的帽子，王翥绿色的冲锋衣，将白色的世界点缀成了一个浪漫的童话。

古月踩着王翥的脚印，在操场上嘻嘻哈哈走着。偶尔王翥向前大大跨一步，古月就嗔怒地停着不动，王翥用力将古月抱过去。两人在操场上走了一圈，却只有一个人的脚印。两人的生命都融化在了那个冬天的初雪里。

散完步，两人都有些饿了，去外面吃了饭，然后去图书馆看书。

## 五

眼睛就是身上的灯。你的眼睛若亮了，全身就光明；你的眼睛若昏花，全身就黑暗。你里头的光若黑暗了，那黑暗是何等的大呢！

——《马太福音》

下雪后，天空有些阴沉。王翥和古月一整天泡在图书馆。

"昨晚真是感谢你了！在哪里呢？"黄军打来电话问。

"我在图书馆呢，什么事？"

"晚上我们学生会文艺部聚会，七点在校门口的金龙酒店，去不去？"黄军说。

"你们聚会与我何干？不去。"

"一大群的美女呢，不去可惜啦。"

"我有事！"

"就当丰富课余生活吧，一大堆美女等着你挑呢！"他不知道王翥和古月已经在一起了。

"肥水不流外人田，还是去吧。看到满意的跟我说，我帮你的忙，一定会成功的。"

"外面冷得很，不想去。"王翥继续找借口。

"反正不要你出钱，你也是宣传部的。"刚开学的时候，一个在学生会的师姐听说王翥以前在报社工作过，非得把他的名字填在宣传部一栏，作为干事，平时给他们写写稿子。

"一会儿给你答复。"

"一次聚餐还要思考半天，说好了，六点五十在校门口见。"

挂断电话，他将这事告诉古月。古月对黄军的印象不好，在一次班会上，黄军当着大家的面抽烟，把她们一群女生熏得直咳嗽。

为了留下来陪古月，王翥本来不打算去的。古月还是鼓励他去，考虑到前段时间王翥还给他们写过几次稿子，反正大家在一个学院，以后做事也方便些。王翥让她一起去，古月说晚上她要到导师家去一趟，王翥只得一个人去。

系里的文艺部就黄军一个男的，作为绿叶中的红花，格外显眼。黄军学的是语言学，据说他上本科的时候是语言实践部的部长，口才特别好，又善于表演相声，每次系上的文艺活动他都比较受欢迎，唱起歌来还不赖，就在文艺部挂了职，任了个副部长。

每一学期纳新不久，都要举行聚会，算是欢迎新成员的加入。

王翥明白，聚会无非是大家在一起打发青春的寂寞和空虚罢了。

快七点的时候，王翥到了校门口，他们几人已经到了，就差他一人，都是见过面的。文艺部部长徐娜，古月的室友——现当代文学专业的萧玉，古代文学方向的刘洋、张小娜，文字学方向的岳悦等。

他们一行到了金龙酒店门口，徐娜就说，那是整个 W 城最高端的吃饭的地方。王翥想着以前他工作的时候，也很少有这样的待遇。徐娜在前面带路，将他们带到一个包厢。大家坐下后，王羲便在心里嘀咕着吃一顿饭费得用多少钱的时候，徐娜开口说："今晚大家只要玩得开心就行，我请客，以后大家多多支持我的工作。大家想吃什么点什么。"

大家推却一番，看着昂贵的菜，不知道点什么好。菜单转了一圈下来，才点了几个便宜的凉菜。

徐娜接过菜单，直接递给服务员说："他们都谦虚着哩，用3500元的标准上菜吧，难得点菜折腾。"聚会的女生多，所以她又点了三瓶红酒，两瓶本地产的中档白酒。

菜上来以后，大家觥筹交错地狂欢一番。在离开的时候，徐娜和黄军特意走在后面。王羲留意到，徐娜没有用现金，也没刷卡，而是签的单，签的是文学院的书记周华熙的名字。她一副和大堂经理很熟的样子，不断寒暄。

见到王羲发现她的秘密，徐娜马上说："这是一个文学院的传统，每一届学生会迎新聚会都是文学院埋单。只要我们三人知道就行了，没有必要宣扬。"

王羲心里想，还有这样的事情。只不过不是自己出钱，管他谁付钱呢。跟着他们说说笑笑地出了酒店。

# 六

王羲比学校正式通知报到的时间提前了一天到来，学校无法安排住宿，他只得拖着行李在校门口的吉鑫宾馆住宿。

一到旅馆，服务生看他白皙的皮肤，一口蹩脚的普通话，猜他一定是外地来的新生，告诉王羲说一间双人间已经有一个新来的学生住在里面，问他要不要跟着一起住，他想反正都是新生，将来也是同一个学校的，也无所谓。登记好后，拿上房卡，在服务生的带领下，进到他所住的房间。一进门，一股浓烈的烟味就熏得他不停地咳嗽，王羲一直对烟不感兴趣，对酒却情有独钟。

开学后不久，他就打了 20 斤白酒，到中医院买了一副补药和着泡在一起。每一晚回去都喝二两，尤其是一个人在寝室写日记或听音乐的时候。

房间进去左边是卫生间，挡住了视线，只能看见一双腿耷拉在一张床上，往里走，才看到一个身着短裤、光着瘦削上身的男子，倚靠在被子上，侧着身子吸烟。看见他进去，吸烟的家伙一下将还未熄灭但已经吸完了的烟头摁在一个纸杯中，撑起身子，说声"你好"，然后从床头柜上拿起烟，抽出一支，递给王矗。

"我不抽烟。"他向那个家伙拱了拱手。然后，将箱子放在一个角落。由于太热，他拿出毛巾和一条短裤，将衣服脱下放在一个椅子上，换上拖鞋，走进卫生间冲了个凉。走出来后，看见吸烟的家伙又躺下，又点燃了一支烟，右手夹着，电视已经打开，左手拿着遥控板在换着频道。

"妈的，电视上天天都唱红歌，就没有一个好看的电视节目吗？"

"是吗？"王矗回应着，"我好久没有看电视了。"他边说边将电风扇打开，然后躺下。几天来，颠簸的火车让他有点疲倦，一身的酸痛。其实王矗又何尝不知道呢？他从老家出发的前一天都还在做记者，整天都浸在红色革命歌曲里。

"我叫黄军。请问贵姓？"黄军自我介绍说。

"王矗，G 省的，你是哪里的人？"他的口音里带着浓重的地方音，像鼻子里面有什么堵着，说话不方便似的。

"Local people！"黄军用英文回答。

"本地人，还住校？"

"家距学校一百多公里呢，不得不住校。"

"哦，那以后请你多多关照，你是哪个专业的？"

"照顾谈不上，大家相互帮忙吧。"黄军说他也是文学院的，只是专业和他不同而已。两个人就你一句我一句寒暄起来，并交换了电话号码。不到十分钟，王纛睡意就上来了。

黄军看见王纛想睡觉的样子，特意将电视声关小，说："这两天你一定很累吧，好好休息一下，我出去逛一逛，这里比你们那里晚两个时区，一般吃晚饭在七点以后，现在才四点十分，还有三个小时左右，你可以好好睡一觉了，反正今天也不报名。"

"我想不通，为什么提前一天来学校不安排住宿啊，内地的学校基本没有这种现象。"

"那我要告诉你，这仅仅是开始，以后你想不通的事情多着呢！"黄军边说边站起来，穿上牛仔裤、白衬衣，到门口换了鞋子，说了声再见，啪的一声关上门，就出去了。

王纛醒来后，望了一眼墙上的钟，下午五点十七分，不觉得怎么饿，将被子当作枕头，看电视。

咚咚咚……敲门的声音，"是我，黄军。"黄军在外面喊。

"等一下，来了！"王纛从床上坐起来，几步到门口，将门旋开。

"刚才给你打电话，你手机关机。只好回来叫你吃饭，下面还有两个美女等着你呢。"

"哦，手机没电了，在充电，不好意思。"将黄军让进房间，并看了一下时间，下午七点二十分，他开始感到肚子有点儿饿。

"第一次来，我请客。"

"你太客气了，不过恭敬不如从命！"王纛一边穿衣服一边说，穿好衣服，将电视关掉，王纛就跟着黄军来到楼下。

刚下楼，就看见两位打扮时髦的女士坐在底楼休息区的椅子上。一看见他们下来，赶紧站起来，手挽着手向他们走来。王纛是近视眼，她们走近一些的时候，才看清她们的脸，两个人的个子都在一米六以上。黄军指着个子较高的一位说："徐娜师姐，我们文学院研究生部学生会主席兼文艺部部长，文字学专业，我们本科都在这个学校读的。"

徐娜头发很直，披在肩上，穿的裙子很短，一双银白色高跟凉鞋，像是要去游泳池。

黄军又介绍说："这位是萧玉，研一，也住在这个旅馆，现当代文学专业。"萧玉正挽着徐娜的手臂，白皙的脸上有一双黑洞似的迷人眼睛，穿一件红色碎花短袖、一条紧身牛仔裤，使她看上去身材很匀称。

两人默契地点了点头，在那样一个陌生的语境里，两人心有灵犀地保持着沉默。

黄军接着介绍说："这位是王翥，文艺学，G省的。"

相互问过好后，徐娜说："一看师弟就是南方人，皮肤那么的白，都说G省养人，果不其然。"

"不要羡慕人家皮肤白了，先把肚子填饱再说吧，一会儿边吃边聊。"黄军催促着。

"急啥，你赶着投胎啊。"徐娜回应一句，接着说，"师弟师妹别介意，我和黄军早就认识，以前是同一个部门的，他是本科部语言实践部部长兼文艺部副部长，我是文学院研究生部文艺部部长，两个部经常在一起搞演出，比较熟悉，经常开玩笑开惯了。"

"什么官啊，现在俺是平头老百姓一个。我哪像某人一天到晚把官字挂在嘴里，总离不开官本位思想。"黄军在旁回应道。

"你不说话，要死啊！不识抬举的家伙，不知道你怎么这么贱，人家说话，总是插嘴，都上研究生了，还是本科时候的个性。"徐娜在旁边摇着头说，"要是在农村，都是好几个孩子的爹了，像你这么贱的人，怎么教育下一代，活着简直是浪费国家粮食，长得还那样的抽象。"

的确黄军长得不是很帅，一米七五的个头，一百零五斤的样子，皮肤很黄，下巴有点尖尖的。如果没见过尖嘴猴腮，那黄军一定是标准的模板。

"贱人，你在农村啊，也是好几个孩子的妈了，还说我。"徐娜一听黄军把"贱"字也用在了自己的身上，脸色马上阴沉下来，感觉像是受到了羞辱。两人暂时陷入沉默。

在去乘公交的路上，两人又开始你一句我一句地斗着嘴，像吵架似的。上公交后，徐娜和黄军隔开了，两人终于平静下来。

# 七

从旅馆出来，坐了五个站，就到了黄军所说的吃饭的地方。小笼包、麻辣烫、拉面、烤羊肉等招牌在密集的人群和烟雾缭绕的油烟中晃着。

他们选了一家回族烤肉店坐下。店里一戴着白帽子的男子正在用明晃晃的刀切着一个羊腿，右边坐着一个三十岁左右的妇女，穿着一套红黄相间的碎花连衣裙，头上系着一条粉色头巾，左边的砧板上堆着一堆串好的生羊肉。店外面还有一个二十来岁的小伙子站在一个大馕坑旁边取下刚刚烤好的羊肉，往客人的桌上送去。

刚坐下，黄军就对刚走过来的一个服务员说："来一架子肉，十个小串，四杯格瓦斯，五瓶啤酒。"

"这家的羊肉烤得很地道，我们是这里的常客了。"黄军边点菜边说，"以前我和师姐经常到这里吃。"

"谁是你师姐啊，不认识你。"徐娜还在为刚才的那句话生着气。

黄军端上一杯格瓦斯，对着她说："对不起，只能你说人，不能人家说你，向你道歉!"黄军皮笑肉不笑的样子。

"你也不敬一下两个外地来的客人，就只顾自己了，大家初次见面，喝一杯。"徐娜端起杯子，吆喝着大家。

"这个饮料不错，我们内地都没有。"王羲喝了一口，由衷地赞了一句。

"这种饮料叫格瓦斯，由啤酒花、蜂蜜、冰糖等原料酿制而成。女人喝了养颜，男人喝了壮阳。"黄军回应着。

"你怎么这么下流，没看见这里还有女生哇。"徐娜观察萧玉脸色的变化，马上骂了黄军一句。

"不好意思，刚才说话有点造次。"黄军向萧玉赔了个不是。

二十分钟左右，架子肉送上来了，红黄色的羊肉还在滴着油，发出滋滋的声响。

"这才是真货，从羊腿上现场割下来，现场烤。"黄军一边给王羲和萧玉的碟子里面放了从架子上取下的羊肉，一边说。

接着，在徐娜和自己的碟子里也各放上一块。

"这种肉叫馕坑肉，在你们那里是见不到的。你们那里的很多羊肉都是假货，很多时候是猪肉加工成的，这也是国人的特色吧。真瓶子装假酒，电影看盗版，书籍也是读复印本，火锅用地沟油……据说，有人调查过生产避孕套和避孕药的厂家，他们也偷工减料。本来我们国家的人就多，不知道以后该咋办。"

"又扯那么远，闭上你的臭嘴。"徐娜从自己碟子上撕下一块肉，塞到黄军嘴里。

黄军边嚼边说："这是实话，学文学的该开放一些，这是学术讨论，又不是叫你去调查。"

"你能不能斯文一点，不知道你是怎样考上研的? 老师真是瞎了眼，让你复试过了关。"

"说实在的，至于考研嘛，我和绝大多数人一样，仅是为了一个文凭，以后找工作方便点。本人考上研，是有原因的。你看这个学校本来就不是特别好，既不是'211'，也不是'985'，报考的人太少了。你看内地的人，有没有第一志愿报考这里的？至少我在这里混了四年，我没听说过，第一志愿报考这里的基本上都是本校学生，就算这样，报考的人也寥寥无几。"

"每年很多专业都无人报考，百分之九十靠调剂，很多专业调剂也招不到人，就差到这个层次。对于调剂生来说，绝大多数也是走投无路才来这里，你说不是吗？很多人在调剂到这里以前，可能听都没有听说过这所大学。"

"我们的研究生文凭，到内地去根本无法和别人竞争，只有在这里还比较好找工作，出了这里嘛，就算了。我呢，作为一个 Local people，这辈子就打算待在这里了，所以就考这里了。"黄军的话透出一点罐子破摔的感觉。

"不要自个儿瞧不起自个儿。"徐娜接着问道，"师弟师妹你们两个是怎样调剂到这个学校的？"

"我是英语差三分，总分也不够我报考的学校，所以调剂过来啦！"萧玉回答说。

"你呢，师弟？"

"我是政治差一分，总分过了，报考的是 G 省的一所'985'大学。"

"笑死我了，我还第一次听说考研死在政治上的，你是第一人，来敬你一杯，你太牛了。"

黄军的一番话，像秋天的凉雨一样打在王翥的心坎上，本来就没有多少人愿意考到这里来。

他说的也是实话，尽管他怀着壮志雄心过来，正如萧玉说的那样，师父领进门，修行靠个人。但最怕的就是师父不把你领进门，那行怎么修呢？不管怎样，来了就来了吧，可是心里多少有些酸楚与不甘心。王翥端起一杯啤酒，一饮而尽。

"你英语考了多少?"

"78 分。"

"好高啊!"其余三人同时发出感叹。

"我不知道你怎么会选择这里,还不如重新考一年呢,你英语那么好。"徐娜说。

"呵呵。"王翥干笑一下,或许这一刻没有知道人他心里的苦楚,或许徐娜说的话,要在他以后才会明白。王翥端起杯子,又喝了刚倒的一整杯啤酒。

吃了两块架子肉,加上一杯格瓦斯和几大杯啤酒,王翥就感觉饱了。羊肉实在好吃,忍不住,又取下一块慢慢嚼起来,边吃边和他们聊天。

萧玉的话很少,时而接过王翥送过来的一串羊肉串,礼貌地说声谢谢,在黄军和徐娜说话幽默的时候,她莞尔一笑。

吃完饭,已经十点了,黄军说去 K 歌,萧玉和王翥都说第二天还有很多事情要做,而且刚开学,三年里有的是时间,就不去了。

天也暗下来,四处的灯像一只只充满欲望的眼,狰狞地窥探着这个城市和人群。

回到旅馆,冲了一个凉,叫黄军把电视声关小一点。经过啤酒的浸润,旅程的疲倦让王翥感觉昏昏沉沉的,躺在床上,很快就睡着了。

正在迷糊间,床头的电话响起,王翥在半睡半醒之间撑起身来接电话。

"喂,你好,请问你找谁?"王翥问。

"你好,先生,请问需要服务吗?"是一个很柔情的女子声音,普通话很标准,声音很熟悉,王翥却一下子想不起来。

"这么晚了,你们怎么还打电话,提供些什么服务啊?"王翥继续问,还未清醒。

睡在另一张床上还在看电视的黄军开始捂着嘴笑起来。

这声音和徐娜的好像！王矗一下缓过神来。

对方一下挂断了电话。

王矗猛然间醒悟，嘟囔一下，又不敢确认是她。

"他妈的，怎么在校门口的宾馆也这样猖獗？"王矗重新躺下，抱怨道。

"现在哪里不是啊？只要有男人的地方，就该有女人，服务型的社会，就有服务型行业。"黄军还在笑个不停。

刚刚要睡去，电话又响起，接起来，又是一个女子娇滴滴的声音，只不过这次台词换了一下："喂，先生你好，我们是XX健康会所，请问先生需要健康疗养吗？"

王矗接起来一听，马上挂上了电话，并将电话线拔掉。

"怎么现在这样的生意这么红火，娘希匹的。"王矗再次骂道。

"说明这个城市文明程度很高啊！你不知道，一个城市的文明程度，跟这个城市服务行业的开放程度和数量成正比的。"

黄军回答着，接着他的手机响起。

"亲爱的老婆，老公好想你，这么晚了还不睡？"黄军对着手机说。

"人家想你嘛，爸妈不在家，害怕睡不着。"

"要不我过来陪你一会儿？"黄军接着很温情地说。

"好，你顺便在水果店给我买点葡萄过来。"

"老公马上过来，一会儿见。"黄军挂上电话，准备穿鞋。

"你结婚啦？"王矗问。

"没有啊！那是我女朋友，家就在离学校不远的庆和小区。"

"我还以为你结婚了呢。"

"哪有那么早，我出去啦，可能不回来了，你现在可以接上电话线，叫一个服务生了。"黄军边穿衣服边说。

穿好衣服，随着一声"明早见"，他啪的一声拉上门就出去了。

突然响起"啪啪"的敲门声，"开门，还有一件事。"黄军在门外喊。

王羲起来打开门。

"哦，明天报名尽量早点，不然就选不到好的寝室啦。我明天早上争取早点过来，一起去报名，那样我们就可以申请住在一间寝室，再见。"

"好！"王羲打了一个哈欠，反锁好门，把电视关掉，重新躺下去，不一会儿就睡着了。

古月比萧玉迟来半天，到的时候已是半夜。她提前给萧玉通过一个电话，让她订好房间，下车后，直接打的到旅馆。

# 八

回去的路上，王羲刚好经过一个烤红薯的小摊，他顺便给古月买了一个热热的红薯。

回寝室时，楼道里面斗地主的声音明亮而单调，黄军在打游戏。

第二天一早有张老师的课，王羲赶紧预习了一下，并写了两张大字，洗漱完，已经快两点了。

张老师已经快八十了，早已退休，但他一直孜孜不倦，还坚持给学生上课，是文艺学的"学霸"级人物，在整个学校德高望重。

第一堂课上，张老师就和大家谈怎么读书，并就李泽厚、钱钟书、钱穆等大学问家读书的习惯和大家交流。其中一个同学问："张老师那么我们应该怎么读书呢？"

张老师脸上露出慈祥的笑容，说："你听说过驴和父子的故事吗？一对父子牵着一头驴去赶集，起先是父亲骑驴，孩子走路，人们说父亲太残忍，让孩子走路，自己骑驴。父亲和孩子换了一下位置，父亲走路，孩子骑驴，人们又说孩子没有孝心。后来两人干脆都走路，让驴空着，人们都笑他们傻，有驴不会骑。于是，两人都骑上驴背，又有人说他们太残忍，两个人骑一头驴；最后，父子没有办法，两人将驴抬着走，人们还是耻笑不止，说他们太傻。读书的方法何尝不和骑驴一样，每一种方法都有优势和劣势，找到适合自己的最好。刚才讲的大学问家不是每个人都不一样吗？多用唯物辩证法思考问题，一定要学会读书。"

王羲是一个心直口快的人，在课堂上每当想到一个问题就会马上提出，常会被张老师批判。张老师总是叫他思考一番再说话。每次文艺学聚会，张老师总是说，王羲是他"骂"得最多的学生，也是成长得最快的学生。

一天，王羲正在寝室练字，突然接到张老师的电话，张老师说："王羲啊，到我家里来一趟，帮我整理一下花盆，中午我们一起喝个小酒。"

王羲以为张老师住的屋子一定富丽堂皇，实际情况完全出乎他的所料。一进屋子，发现只有张老师一个人居住，屋里的温暖和外面冰冷的天气形成一个鲜明的对比。

张老师的老伴因为身体虚弱，回南方城市养病去了。张老师的家在学校家属院一栋普通五层楼房的第二层，一进屋，客厅里的桌子上整齐地堆着报纸，摆着一张实木沙发，接着是窗台上一长排的吊兰，很多枯叶耷拉在花盆边上。

坐下后，张老师烧好开水，两人喝了一会儿茶，张老师就回书房看书去了，王羲将花盆里面的黄叶剪完，打扫好卫生，看见张老师还在专注看书，他不忍心打扰，轻轻拉上门，就回寝室了。

# 九

第二场雪下得有些持久，连续三天都还未停，雪足足有两尺厚。路上的雪尽管不断被环卫工人铲开，但不到一刻钟又积了厚厚一层。

屋外早已银装素裹，屋内陈旧的摆设仿佛和外面单调的雪景不是很搭衬。除了电视机、电脑是刚换的以外，其余的家具都是九十年代早期所购，厨房里的冰箱早已看不出本身的颜色，连那一口炒菜的锅，底面漆黑如夜，看样子也有十年有余。家里的家具都是实木的，虽然当初设计的样式现在看起来有些单调，但仅仅是那一张能映出人影的红木沙发，就显出主人的品位不落伍。客厅的窗台上一溜吊兰郁郁葱葱，在主人悉心的照料下，那些不断蔓延的长茎，一直垂到了地板上。摆在墙角的一株爬山虎，已经形成了一个月洞门。

头一晚他从学校散步回来，熬了一锅粥，就着一碟泡菜，算是自己的晚餐。练了一会儿字，看了两个小时的书，已经到了凌晨一点半了。本来打算是披着大衣，仰躺在叠好的被子上想问题，可是迷迷糊糊就睡着了。幸好屋内比较暖和，没有冻着。

八点他就起床了，这是他多年的习惯，不管春夏秋冬，每天八点准时起床。他没有早上运动的习惯，反而每天下午他会去外面走一走。

起床后，将窗户打开一条缝，让外面的新鲜空气进入屋里。接着，他走进洗漱间，准备洗漱。

他先是取下假牙，放在洗漱盆的边沿，习惯性地照了一下镜子。镜子中干瘪的两腮早已失去了青春的活力，幸好他一张国字脸，颧骨比较突出，否则会显得有些难看。尽管每天都在照镜子，但看着刻着沧桑的满脸皱纹，又望了一眼书桌上玻璃下压着三十年前正当壮年的照片，心中不免有些感伤。一步步走向死亡的恐惧在心里滋长，他马上说服自己，自己还年轻。

事实在那里摆着。头上稀疏的头发染了又染，为了遮住秃顶，他将周边的头发特意留长，并往中间梳，才使得整个头显得不那么空旷。他用温水打湿头上有些凌乱的头发，让它们显得有序，然后取下眼镜，捧了几捧热水，洗了一把脸，关上水龙头后，用毛巾擦干夹在皱纹里面的水珠，带上眼镜，重新打开水龙头冲了冲假牙。

带上假牙，将干瘪的两腮填起来，为了不让人看出自己掉了牙丑陋的口腔。

洗漱完毕，他坐到椅子上，从书架上拿出《文心雕龙》，理清思绪，默背了一遍《序志》，在一张白纸上写下当天讲课的提纲。尽管《文心雕龙》这一门课他已经上了二十多年，但他依然兢兢业业地备课。

备好课，他抬头望望窗外飘落的白雪，静默下来思考问题。这时手机上设置的闹铃响起，尽管他每天醒来都那么早，但他是一个人住，害怕一不小心睡过头。

他已经三天没有接到儿子的电话了。他心里一直有一个疙瘩。这个疙瘩是第二年文艺学聚会的时候才解开的。那次聚会，大家特意请了他和他的老伴。在大家谈起师生情的时候，他的老伴有些埋怨地说："你们张老师，我对他对待孩子的态度是有意见的。当着你们的面，我要说出来。那时候孩子刚上初中，不是特别听话，你们张老师一点也不管，一心只做研究。那时候工资低，他在大学的工资还没有我当高中老师的工资高，他经常出差，家庭的重担就落在我一个人身上。每次考察回来，就写作，我们家里人也不敢打扰。他喜欢安静，我们在家里都不敢吭声。到孩子升高中的时候，那时本来他在 W 市是有一些关系的，他只要打一个电话就可以解决的事情，他都不打。反而经常让他的学生来家里，有时是上课，有时是解决他们的温饱问题。周围的朋友都看不过去了，说对待学生比对待自己的孩子还好。假如那时他哪怕多花一丝心思在孩子身上，孩子也不会走那么多的弯路，也许会走得更远。孩子大学毕业后，别人都在找关系落实孩子的工作，他还是一点都不关心，孩子只得在外打工。也不是说非得找关系，哪怕你稍微过问一下孩子的工作也好，他都没有。孩子在外面打了两年工，才通过自己的努力考入学校保卫处，一步一步通过自己的努力走到现在的位置。”

听王翥的导师说他最近升为处长了。

张老师的老伴说：“结婚以后，孩子才真正懂事起来。虽然说，他现在不用父母担心了。作为一个父亲来说，你们张老师一直都没有尽到一个父亲的责任。”

在徒子徒孙面前，张老师老伴说出憋了几十年的话，如释重负，眼泪不由得掉了下来。张老师端起酒杯，拍拍老伴的肩，说：“我向你道个歉，辛苦了老伴。”

张老师说：“不是我不用心，而是小兔崽子从小就不是很听话，让他读书嘛，他常常偷懒。我就喜欢上进的学生。一个人不吃点苦头，或许永远长不大……”

其实长期以来，张老师几乎都处于独居的状态。老伴常年在外疗养。儿子一家居所离张老师家也只有二十分钟车程的距离，尽管是和张老师同在一个学校上班，但是岗位不同，只是偶尔碰一次面。

沉思了一会儿，张老师看看表，已经九点二十了。他走到厨房，打开冰箱，端出头一天剩下的粥，还有半个饼，一并放到电磁炉里加热。

吃完早餐，他戴上一顶红色的呢帽，穿上保暖内衣和毛衣，外面穿一件呢子大衣，穿上毛皮鞋，然后颤巍巍地向学校走去。

上课时间是十点，张老师走进教室时已是九点五十分。教室里面只有王翥一个人，在背《论语》。

"怎么又是你一个人，你通知他们今天要上课了吧?"张老师问。王翥他们几个学生常常不能按时完成老师布置的任务，加上有时候张老师要出差，所以偶尔他们要隔一周才能上课!

"是的，通知了。"王翥回答说。说完，放下手中的书，走到张老师面前，接过张老师手中的杯子，去教师休息室帮张老师接水去了。

王翥回来的时候，上课铃声已经响了。古月没来，两个古代文学专业的学生也没有来。王翥将黑板擦干净。张老师问王翥他所布置的任务完成没，王翥回答说完成了，但还有一些问题没有弄懂，还需要张老师指点。

等了十五分钟，张老师等得有一些不耐烦了，催促王翥给古月和另外两个同学打电话。其实王翥从一起床就不停地给古月打电话，但对方手机一直处于关机状态。古月接通电话后，王翥还没来得及开口，只听古月在电话那头说:"在路上，别催了，马上到!"然后给另外两个同学打电话，对方和古月的答复一样，都在路上。

从古月进来后，张老师就一言不发地坐在讲座前靠第一排的位置上，戴上眼镜，看自己手中的书，偶尔看看手表。

古月到了以后，坐在王翥旁边的凳子上。王翥从抽屉里面拿出一个鸡蛋，还有一袋牛奶，一个面包悄悄递给古月。她不管三七二十一，接过来就开始吃。王翥仔细端详了一下古月，她脸上的防冻霜抹得很不匀净，幸好皮肤好，一眼扫过看不出来。

王翥又不敢有大的举动，只得将情况写在纸上，递给古月:"花猫。"

　　古月看后，差点将正在吃的面包喷出来，抿嘴笑了笑，脸有些微红。古月几口将面包吞完，拿出镜子，整理了一下妆容。

　　等大家到齐，已经十点半了。

　　张老师脸上有一些愠怒，他还是沉住气，开口说："我们开始上今天的课。在上课前我依然说几句题外话，大家都这么大了，该自觉一点了，上课铃响到现在已经过去半个小时了。我想说响鼓不用重锤。我本不该说你们，也努力控制着自己不发火。"

　　张老师有严重的高血压，他一发火血压就要升高。

　　"今天我们学习刘勰《文心雕龙》的《序志》篇。刘伟，你起来为大家读第一段。"刘伟是古代文学专业明清小说研究方向的研究生。

　　刘伟站起来，略微有点惊慌。摊开书准备开始读的时候，张老师让他坐下读。

　　"夫文心者，言为文之用心也。昔涓子琴心，王孙巧心，心哉美矣，故用之焉！古来文章，以雕缛成体，岂取……驺奭……之群言也……"刘伟读起来吞吞吐吐。他用眼睛扫视了一下整篇文章，原来整篇文章是连起来的，中间没有分段，一时不知道该在哪里停下来。一时心慌，加之本来没有预习，读起来更不知道句读，很多常规的字也读错了。

　　"不用读了！"张老师将书举起来，又用力地放在桌子上，有些愤怒。长长叹了一口气，他站起来，似乎要离开，但略停了十秒左右，又坐下来。

　　"王蠹，这篇文章有第一段吗？"张老师语气有些生硬。

　　"古时候的文章是连贯起来的，没有分段，更没有标点，现代人为了学习古文方便，人为地为古文分段。"王蠹回答说。

　　"但假如我们要给这篇文章分段，第一段应该在哪里呢？"

　　"我认为该从开头到'树德建言，岂好辩哉？不得已也！'。

这段讲的是作者为什么要将书取名为《文心雕龙》，以及为什么要'树德建言'。"

"不错，那'以雕缛成体'后面一句中的'岂取'后面两字怎么念？"

"驺奭（zōu shì），古时的一个人名。"

坐在旁边的刘伟心里很不是滋味。一是为自己没有预习后悔不已，二是对王羲有些嫉妒。怎么一下把古文没有分段的事情忘了呢？在他们上《文心雕龙》第一节课的时候就说过这个问题，他努力克制着自己，脸上保持着微笑。刘伟有一个绰号，叫做"屁股虫"。他拍马屁每次都拍得恰到好处，而且总爱帮着领导做事，每次捞好处的时候，自己总能得到"肥"的一块。

黄军和他是大学同学，两人是"死对头"，对刘伟的为人很反感。黄军告诉王羲，以前每次考完试，刘伟总是自告奋勇地帮老师改卷子；上课时候主动将黑板擦得一尘不染，而且总是在老师刚进教室的那一刻把事情做到七分的样子；并且上课的时候，总是坐在第一排，不是在听老师讲什么，而是死死盯着老师的水杯，看老师喝了多少水，如果喝到一半的时候，他立刻为老师端茶倒水。和老师们一次次的近距离接触，使每个老师都很喜欢他。到期末考试的时候，同学们就"派"他去老师那里打听期末考试的内容，他很机智地选择一两个问题，通过邮件的方式发给老师们，并附带上请教该怎么复习？一般情况下，大学老师们都不会给经常给自己"跑腿"的人难堪的，会告诉考试内容的十之八九，就这样，全班同学期末成绩都很乐观。甚至在考研的时候，专业课的试卷他也拿到了。

当天的课张老师上得很揪心，上一节课他布置的任务几乎就王羲一个人完成，其余几人都没预习，更别说去查资料了。张老师努力克制着自己的情绪。上到一半的时候，他实在不想再上下去，毕竟没有互动，没有思考，这不像研究生的课堂。

"好了，今天的课就上到这里。接下来你们读书，把《文心雕龙》的《序志》篇大声朗读，找出文章的中心内容。《序志》篇作为《文心雕龙》的纲领性的文章，你们必须得背下来。今年《文心雕龙》这门课的期末检测，就从我们所讲的十篇文章里面抽查，另外，必须自己去思考一个问题，写成小论文，不得少于4000字。"

说完，张老师喝了一口茶，披上大衣，整理了一下帽子，走出教室。

几分钟以后，王翥透过窗户，看见张老师在教学楼前的雪地里颤巍巍地迈着步子，还未到正式下课的时间，路上几乎没有行人，雪花飘落在张老师红色的帽子上，格外地显眼。

# 第三章

## 一

如果真相是种伤害，请选择谎言。如果谎言是一种伤害，请选择沉默。如果沉默是一种伤害，请选择离开。

——徐志摩

"为什么你要骗我？"

萧玉和王翯去参加一个俱乐部周年庆活动，晚餐后，他们站在公交车站等公交，寒风拉扯着他们的衣服，雪花在昏黄的灯光下轻舞，王翯突然问萧玉。

"现在你不也是挺好的吗？"

"你觉得我过得好吗？"

"我不知道我去旅游的那几天你究竟发生了什么事？"

"哼！你想知道那几天发生了什么事吧？那我告诉你，你去了以后，我一直给你发短信，并告诉你我等你回来，你都答应好好的。等到第二天你短信也不回，电话也不接。在那个时候我痛苦得快发疯，你知不知道？"

"我能理解那种痛苦，对不起。"

"第二天下午，三点左右，终于接通你的电话，处在痛苦中，我承认我说了一句气话，我说我身边并不缺女人。可在那样的情况下，除了捍卫作为男人的尊严外，我说什么才好呢？"

"当然啦，你都那样说，我能说什么呢？只能说叫你别等我啦。"

"为什么我和你交往这么久的时间，你也知道我爱你，你却不告诉我他要来，我真摸不透你们女人的心。"尽管光线有一些昏暗，萧玉还是看清王矗生气的神情，脸上显出的冷酷。

"都是我不好，我也不想让你那样痛苦，我后来并没有和他在一起。"

"我并没要求你赎罪，爱情的事，没有谁对谁错。"

"现在你和古月不也是彼此相爱吗？"

"她是无辜的，我只能努力去爱她。"王矗说完这句话，公交车过来了。下雪天，近十一点半的公交车上只有三四个人。萧玉和王矗坐到了后面。

"当时，你为什么选择她呢？"

"给你打完电话后，外面天黑压压的，天气预报说要下雪，风吹得人眼睛都睁不开。我一个人待在图书馆，刚好那天我答应要给她单独过生日。我们吃完饭后，我就和她在一起了。"

"既然选择了她，就好好爱她吧。"

"假如她知道真相后，你知道她的脾气，经受不起打击。"

"那你怎么办？"

"我也不知道，希望时间能给我答案，我必须好好爱古月，这是肯定的。承诺就是一种责任。"

浓浓的醋意涌上萧玉心头。爱情啊，真是奇怪的东西。

"希望我和你以前的事情都不要让她知道，她很无辜，你知道我也很痛苦。"

"假如她在以后的生活中不离开我，那我会好好爱她一辈子，也算是一种赎罪吧。"

女人的敏感和直觉告诉她，王矗的真，来自生命的内核。

他从来不说谎，他不希望他的爱情里面掺杂任何沙子，尤其是在感情面前。

萧玉听说过他曾经暗恋一个女生整整八年，直到对方身为人妇，他才告诉对方。

可老天爷偏偏捉弄。每天看着古月接到他的电话，她只能将泪水忍住，强作欢笑。有时他给古月买东西，都额外给她买一份。

萧玉不知道他是气她，还是对她的爱、嫉妒、悔恨，种种复杂的情感纠结在她的内心。

古月是无辜的，上大学的时候，她和萧玉同处一间寝室。曾经萧玉也在无意间剥夺了她的爱情，只不过最后都无果而终。

在车上，两人心里各有各的痛楚，没有笑过一次。

"我送你到楼下吧，这么晚了。万一宿舍阿姨不让你进去，我给她解释一下。你们楼下的阿姨我认识。"王翯说。送古月久了，楼下的阿姨也认识他。

"不用了，一会儿你回去不也是不能进去了吗？"但王翯还是一言不发地跟着萧玉走，他边走边拨通了古月的电话。

"宝贝，我回来了。"

"回来就回来呗！"古月知道他们去俱乐部聚会的事，有些不愉快，她不是俱乐部成员，所以没去。

"吃晚饭没？"

"没有。"声音很生硬。

"那怎么不吃呢？"

"不想吃，你去了这么久也不给我打一个电话。"

"我不是给你短信了吗？你没看见吗？是我不好，我马上给你去买吃的，叫萧玉给你带上去，要吃啥？"王翯耐着性子，安慰古月。

"不用啦，这么晚啦，况且还在下雪呢，万一冷死你咋办呢！回去吧，我吃苹果和饼干就好了，现在外面哪还有卖东西的呀？"

"那宝贝乖乖，明天我补偿你好吗？一会儿回寝室给你发短信啊。"萧玉能听出王羲心里强装出欢乐的那种尴尬和痛苦，可有谁能了解她的痛苦呢？

到楼下的时候，路灯早已关掉，王羲轻轻说了一声再见，萧玉感觉好像是一种永别。

萧玉不想告诉王羲去旅游的时候发生的一些事情，正如王羲说的那样，他和古月，都是无辜的。

他们都在努力为爱的人付出，但却没有一个好的结果。

萧玉回到寝室，看见古月一人坐在电脑旁啃着苹果，灯也没开，呆呆地盯着电脑看电视剧。

和古月打过招呼，寒暄几句。她开了灯，摁下电脑开关后，提着暖水壶去水房打水。

回来的时候，看见古月双眼通红，两行泪从瘦削的脸颊上滚落下。

"你怎么能这样？你为什么要告诉我这些？"她大声地吼着。

"对不起，是我的错，我不想对你有半点隐瞒，我只想以后好好爱你，不想让我们的爱情掺杂半点的泥沙。我必须告诉你生日那天发生的事，否则我心里过意不去。"手机里传来王羲无奈的声音。

"我不想听你说这些，分手吧！没什么好说的。"古月淡淡说了一句，听到萧玉进来的声音，面对墙壁的脸转过来望着萧玉，双眼满是恨和无辜、嫉妒和无奈，一副失败者的样子，随后又转了过去。

萧玉提着两只暖壶，无声地走进去，放下壶，走到古月面前。她对已发生了什么事情猜着八九分了。

"对不起！我没想到他会告诉你这些。本来我们想把这件事沉入心底，但你也知道他是一个透明的人。"萧玉站在古月身边，等待她的原谅。

她没有回答，听着王羲在手机那头解释。

"我只想好好地爱，纯纯地爱，假如一切对你隐瞒，我良心过意不去，或许告诉你，我心里会好受些……"

"我的命怎么这么苦啊。"古月静静地溢着泪。

或许在爱情面前，坦白和真诚是爱的砝码吧。萧玉不想看见她爱的男人这样被人拒绝。作为朋友，让古月受伤并不是她的初衷，而且研究生的生活才开始不到两个月，还要处两年。现在就这样，以后要怎么处呢？

"不，我不能原谅你，分手。"古月说完，在王羲一声"宝贝"的声音中挂掉电话，同时关机，趴在桌子上哭了起来。

寝室顿时陷入一阵尴尬。望着她伤心抽泣的身体，作为朋友，把她搂入怀抱，让她在自己的肩膀上自由地哭。或许这是最好的安慰和道歉的方式。她哭了半个小时左右，萧玉给她倒了洗脸水，挤好牙膏，打发她上床睡觉。

或许，时间是最好的良药。萧玉躺在床上，听见古月还在不停地抽泣，她也睡不着，思绪万千，她不停地想，王羲究竟是怎样一个男人。望着逐渐入睡的背影，内心有种说不出的滋味。

雪后的天空澄明，没有温度的月光普洒大地。

四点左右古月才睡着。第二天早上十点的时候，萧玉还是像以前一样叫醒古月，她上午十二点有课。

"古月，你想吃啥，我给你带回来。"

萧玉叫古月起床的时候，她已经收拾好，站在寝室中间，好像头一晚什么事也没发生过一样。

"哦，你看有什么好吃的，就带过来吧。"古月本想拒绝，但沉吟片刻，还是答应了。

"那我去食堂啦，你快起床吧。等我带回来趁热吃。"萧玉说完，就出去了。

古月打开手机，"唔唔唔"，手机振动的声音响个不停，全是王蠹发过来的信息，最后一条是凌晨 6 点发过来的："在我最孤独的时刻，是你在陪伴着我。或许，从那时开始，我就把你当作我灵魂的影子，在这个繁复的世界上，有这样的女人和我进行心灵的交流，我为什么不去爱呢？亲爱的，你是我的天使，我不想让你对我产生怀疑。我必须在心灵上筑起一个神台，那上面供奉着我俩的爱情，原谅我吧。"

"亲爱的，我们在一起的时间不是很长，但你已经成为我生活中必不可少的一部分，从早上开始，一醒来我就想到你，然后一起吃饭、一起看书、一起逛街，到晚上睡觉时轻轻地给你说晚安。难道你忍心让这样的习惯终止吗？让我陷入混乱的生活和痛苦的深渊吗？"

看来他一夜没睡。

这个男人浓烈的感情，有时来势如洪水猛兽，古月一下适应不了。或许这就是一种爱吧，比如他每晚都会发给古月"晚安，好梦！亲亲我家的宝贝"的短信。尽管每次的内容一致，但这样的坚持却是一种难言的幸福，而且十二点半后就不再打电话给古月。自从他们在一起以后，每天吃饭，他都到楼下等古月，有时一等就是十多分钟，寒风把他吹得脸发紫，手冰一样的冷。她们楼里面熟悉他的人都叫他"门卫"，每当想到这些，古月就后悔头晚对王蠹发的火，打算原谅他。

古月不认同光棍节那样俗气的节日，但是她的确过的是一个"光棍节"。王蠹告诉她的一切，后来她躺在床上也想，女人希望的爱情不也是这样吗？

想着昨晚他一夜没有合眼，而且他身体也不好。从骨子里古月已经相信他说的全部，可心灵受到欺骗的感受是难言的。还是冷落他几日吧，让他好好反省反省。

# 二

王矗所在的学校每一个周末都要举行大型考试，由于监考人员不够，每一次都要抽调一批研究生作为监考人员。为了减少家里的负担，王矗、古月、萧玉都加入了监考的队伍。

一个周五的晚上，萧玉和古月去开考务会时，监考委员会要求第二天每位监考老师必须带监考单才能参加监考。她俩忙得不可开交，等忙完琐事，已经快十二点了，打印室已经关门，萧玉是学生会成员，那周刚好她值周，值周的地方在文学院秘书办公室，她有钥匙，于是就打算去文学院办公室打印她俩的监考单。

天冷，文学院的办公室在五楼，那时办公室邻近的几间教室都没人上自习了。她在楼下的时候，看见只有学院党委书记周华熙的办公室灯还亮着，当她到五楼的时候，书记的办公室灯已经熄灭。当她准备打开和书记办公室相隔两间屋子的秘书办公室的时候，本是漆黑一片的书记办公室一下又透出明亮的灯光。萧玉赶紧打开门，反锁上，进去后，打开电脑，快快将U盘插上，将监考单打印好。

本来她想快快地离开，可正当她关了电脑，熄了灯，打开门，跨出去一只脚时，看见徐娜站在书记办公室门口，拉着一只男人的胳膊摇摆着，面朝书记屋里娇滴滴地说："今晚陪我嘛！好不好？"

徐娜！萧玉第一反应。

徐娜听见萧玉开门的声音，在那一瞬间，又快速将书记往屋里一推，门啪的一声又关上了。

当时她吓得直发抖，不知道该怎么办。在慌忙中，她敢确定的是那个人的声音和背影，还有那件熟悉的大红色羽绒服，一定是徐娜。她赶紧锁上门，一路小跑回宿舍。

第二天，古月和萧玉从早上七点半到下午六点都在监考，中途只有一个小时的午餐和休息时间。在上午的一科考试中，萧玉监考的考场抓到五个作弊的考生。萧玉在心里说，可怕的一代人。

晚上，天依然很冷，零下八度。监考结束后，萧玉和古月先去吃晚餐，然后去超市买了点日用品，接着回到寝室看书。

八点左右的时候，徐娜提着一口袋水果来敲萧玉寝室的门，她穿着那件大红色的羽绒服，一头秀发直直地披在肩上，淡淡的口红，下面一双雪地高跟靴，眼神游移不定，透出怀疑和不安。

进门以后，徐娜将水果放在桌子上，边寒暄边说，那些水果是开会后剩余的。当天徐娜在帮忙，会议结束以后，老师让她们几个帮忙的同学将水果平分后带回去。

"这么多水果，我一个人也吃不完，正好经过你们这里，分给你们一点。"徐娜说。

"师姐太客气，考虑得太周到了。"萧玉说。

"都是一个专业的，低头不见抬头见，再说一学期都快过一半了，我还没来串过门，是我做师姐的失职。"徐娜边说边笑。只不过萧玉和古月都听出来了，笑声有点勉强和尴尬。

"该我们做学妹的去看师姐才是。"古月接着说，"今天的学术会议开得怎么样？据说是张老师的一个国家级社科基金课题的开题会，七十万课题费呢！"

"还不错，你们怎么没去呢？王翯都去了。"徐娜问。

"监考啊！"萧玉和古月差不多异口同声地说，说完两人都笑起来。

"做学术真辛苦，你看张老师做了一辈子的学术，才申请到七十万的课题，这是做文科的人的悲哀啊。你看现在那些理科的学术课题，一个简单课题就好几十万，有的甚至好几百万。张老师在我们学校也算德高望重了，七十多了，下雪天还坚持着按时上课，真是难得啊。"徐娜感叹道。

"是啊，你看现在一些年轻的导师，把学生招进来后，靠着博导和硕导的职称，去博取培养费和名声，把学生当作羊来放。文字学的一个师哥，都一年半了，加上复试的那一次，才见过导师三面，还有你看黄军和萧玉，他们的导师调到另一个学校了，到现在还没给他上过课呢。这学校的老师们真是一朵奇葩。"古月说。

"现在大家都来混文凭，真正读书的有几个呢？"古月接着说。她想起王羲告诉过她，他们楼道里每天熟悉的斗地主声，并将这个故事讲给徐娜听。两人听后，感到一丝绝望和无奈。

"这样邋遢的男人谁愿意跟着他啊。"古月说。

"放心，你已经有人要了，不愁嫁不出去。"萧玉开着古月的玩笑，脸上的笑容有些痛楚。古月和萧玉彼此心里都很清楚。说完，三个女人都哈哈大笑起来。

"我撕烂你的嘴，看你还敢不敢说，我叫王羲把那个男的介绍给你。以后你整天给那个男的打扫卫生，你就没时间开我玩笑啦。"古月从凳子上站起来，走到萧玉的桌子旁边，边说边轻轻打萧玉的头。

"你和王羲真是天生一对。两个人既有共同话题，又在同一个专业。"徐娜赞叹古月和王羲的爱情。

没等萧玉和古月说话，她马上就将话题转移了："我发现我们学院的周书记和他妻子也是天生一对。今天早上我看见周书记的老婆余老师亲自开车送他来开会，穿一件红色的羽绒服，挺年轻的。"

此时，萧玉听出话里的话，或许这才是徐娜来她们寝室的目的。她本来面对着古月坐着，但将眼神转向徐娜的一瞬间，徐娜赶紧将眼神避开了。

气氛一下冷了下来，为了挽回这尴尬，萧玉赶紧说："是的，余老师对人那么好，读的书也多，又很有气质，周书记长相不错，两人真是天生的一对。"

"你羡慕啦？赶紧把自己嫁出去吧。"古月打趣说，缓解了一下现场的气氛。萧玉和古月又打闹在一起，徐娜跟着她们笑起来。

"只不过能混到他们那一步也不容易啊。现在就业压力那么大，去年你们文艺学毕业的三个学生，一个做了老师，另外两个去做村官。唉，今后我们还不知道该怎么办呢？"打闹一番后，萧玉说。

"你那么优秀，人也长得漂亮，文笔也好，不愁找不到工作。"徐娜宽慰道。

"哪里啊，现在真想求包养啊，一个人边读书还要边养活自己，没钱，没房，没人要。"萧玉说。这句话说者无意，听者有心。

徐娜并没有说什么，尽量避开她们两人的眼神，扫视着屋里。

"我包养你，只要你每天给我洗衣服、打饭、扫地，我奖赏给你一个苹果。呵呵！"古月说着，从桌子上的口袋里拿出一个苹果递过去给萧玉。

呵呵呵，三人都笑起来。

三个女人说说笑笑，东拉西扯，一直到十二点。

这之后，徐娜总是有事没事到古月她们寝室转一转。有时，周末有监考任务的时候，还提前给古月和萧玉报好名。因 J 省几乎所有人事考试考点都设在他们学校，负责安排考场的部门刚好是成教学院。徐娜以前在成教学院的考务中心做过一个假期的兼职，她对那里的工作很熟悉，也认识一些人。所以每次考试，徐娜都给安排监考的老师打招呼，让她们挣点生活费，的确帮了她们两人大忙，监考毕竟是一个很轻松的技术活，而且比做家教收入高。

徐娜走后，萧玉将头一晚所见告诉古月。她们摸不透徐娜从那晚上聊天以后对她们的好，安的是什么心，是真心还是假意。

萧玉和古月商量过，将萧玉那晚所见的事情彻底保密，没有绝对的证据，没有必要给自己找一些不必要的麻烦。

三

古月原谅了王翥。

有时，在萧玉的面前，她挽着王翥的胳膊，吃东西的时候，时而撒个娇，让王翥喂。

当王翥喂过东西后，古月总是献上一吻，不管嘴边是冰激凌的奶油，还是啃过鸡腿的油脂，都蹭在王翥的脸上。看着王翥用纸满脸地擦，古月和萧玉就开心地哈哈大笑起来。

有时，她双手勾着王翥的脖子，让王翥背着，直到王翥累得额上的青筋爆出，走不动的时候，她才下来。

自从十月下雪后，外面的气温一天冷过一天。从开始的零度左右，下降到零下三十度。除了图书馆和自习室，几乎找不到别的地方幽会。

每次王翥从图书馆出来，打电话叫古月吃饭，都要在她的楼下冻上十多分钟，直到古月笑着从宿舍大门出来，提着一个壶，递给他，然后他才一手提着壶，一只手握着古月暖暖的手，朝食堂走去。打水，吃饭，送古月到楼下，又等她下楼，一起去自习室。

女人的第六感告诉古月，王翥的爱来得不那么完整。自己爱的是他，这一点毋庸否认。女人的天真和天生的浪漫情怀将她一天天推向王纛的怀抱。有时候，古月在想，从什么时候开始，爱情的种子在心中种下呢？

她在日记中写下说，那还是刚开学的第二天。

那天古月去学校的超市买东西，在不经意间，她俯身拿一把鞋刷的时候，另一只手也恰巧伸过来拿，出于尴尬，两人都往回缩。她抬起头来一瞧，原来是王纛，那时候他们还不是很熟悉，尽管认识，但不是很了解。两个人都没有经过约定，是偶然间的碰见。那天，王纛和古月都刚好没有戴眼镜，只顾看东西了，没有看见人。

或许，从王纛抬起头，脸上淡淡的一笑，转而绅士地将手一伸，说声"你先请"的动作开始，这颗爱情的种子就孕育出来了。

自开学以来，每一次和王纛相处的时候，王纛一半沉郁一半激情的性格让她更加捉摸不透他。她、萧玉、王纛三人几乎成了三人组，经常在一起吃饭、逛街。从眼神和话语间，王纛和萧玉的默契仍无法逃脱古月的眼。

# 四

作为女人，一切没有瞒过古月的眼睛。在这种微妙的情感里，谁也没有捅破那一层纸。

有时一起吃完午饭后，王纛将她们两人送回寝室，就去图书馆看书了！在这种相处中，每当与萧玉眼神相对的那一刻，王纛心里像突然塞进一块巨石，在走动中，不经意地撞击着胸腔内壁，那种不经意带来的痛是如此深入心肺。

由于古月和萧玉的课常常不排在一起，萧玉的课都排在上午三四节，等萧玉下课，正值吃饭的高峰期。

在接下来的日子里，常常是古月和王鬄一起吃午饭，吃完饭，古月直接给萧玉打一个包带回去。

眼看天气一天天变冷，吃完晚饭后离天黑的时间尚早，王鬄看了一天的书，也有一些累了，就回寝室拉起来窗帘，塞上耳麦，抄泰戈尔的诗歌，然后看一部电影，到十点的时候，换了衣服去跑步。

光棍节后第二天晚上，王鬄跑步回来，冲完澡，打开电脑，登上 QQ，就收到萧玉的消息，问王鬄有没有什么好看的电影。尽管这只是一个简单的询问，但里面充满了请求，充满了希望，充满了原谅。

王鬄给她发去英文版的《动物庄园》，然后在 QQ 留言说，叫她早点休息，不要睡得太晚，就下线了。接着开始看论文，预备第二天上课要用到的资料。

在王鬄的心里，他深深明白，还有一个属于萧玉的空间，但他无法抽离出来给予萧玉。

# 五

莫道不销魂，帘卷西风，人比黄花瘦。

——（宋）李清照

古月长期不吃早饭，时间一长，她的胃开始出现问题，经常反胃、呕吐。这时候王鬄是既心疼，又拿她没办法，只好开玩笑说："快了，怀上了。"说完两人都哈哈大笑起来，古月嗔怒地在王鬄的身上捶打着。

王鬄只好叫她多备些干粮。没课的时候，古月都到了吃中午饭的时候才起床。

在寒风中，王鬄在古月楼下等她下来一起去吃饭，常常冻得瑟瑟发抖，每次都要等十多分钟。等古月出来，看到王翯不断搓着手、哈着气、跺着脚，她会开玩笑地说："'门卫'走了。"

其实自从恋爱以来，两人的感情一天浓过一天。除了光棍节那天的小别扭外，两人爱得像一瓶蜜似的，浓得化不开。

十二月中旬的一天，零下二十八度。两人手牵手，默契地往校外的宾馆走去。

本来不是很远的路，两人好像走了一个世纪。趁没熟人注意，一下挤进宾馆的门。刚订好房间，古月的电话就响起，是萧玉打来的，说是没带钥匙，必须要让古月回去一趟。两人相视一笑，只好退了房，又手拉手往回走，燃烧着的爱情之火在心里怎么也无法熄灭。

过后几天，王翯和古月一想到那天的事，不免相视而笑。

平安夜的那天中午，街上和学校里已经弥漫着浓浓的过节气氛。王翯在陪古月吃过午饭后，借口说要出去办事，要到外面一趟。其实，他是去预订房间，并将房间布置一番，买了一束玫瑰放在房间的中央，并买了一瓶红酒、两个酒杯和一支蜡烛。

时间在一分一秒流逝。下午五点的时候，王翯就开始打扮起自己来，特意洗了一个澡，将头发吹得蓬松一些，里面穿好衬衣、一件V领羊毛衫，外面穿两人初次在一起的时候，古月给他选的那件绿色冲锋衣。到五点五十分，就给古月打电话，问她在干嘛，收拾好没有，答应到她楼下接她。

到了古月的宿舍楼下，打电话催了几次，等了十几分钟，古月才从宿舍楼出来。一顶红色的帽子，飘逸的长发披在肩上，面若桃花，穿一件长长的灰色羽绒服，右肩挎一个包，穿一条黑色的打底裤，一双高跟鞋，尽管这样的打扮王翯也不是第一次见到，但他看得惊呆了几秒钟，等古月到自己面前轻轻说走吧，他才收起脸上的笑容，握着古月的手往学校外面走，他们两人彼此都能感觉到对方心的跳动。

才六点五十分，下雪天，天已经黑下来了。出了校门，两人先到超市买了一大堆零食，然后直奔宾馆。到宾馆门口，王矗将房卡直接拿出来，告诉她说他已经在中午将房间订好了。

"你太坏了。"古月嗔怒地用拳头在王矗肩上捶打着。王矗趁势拉着她的手，直接进入房间。

一打开灯，王矗随手就关了门，看见那一束漂亮的玫瑰，古月顿时心花怒放，全身都融化掉了。两人紧紧抱着一起，深吻着，滚到了床上，或许是早有准备，也或许是氛围太浪漫，很快古月就瘫软得像只海豚。

当王矗逐渐将整个灵魂都放逐在这次爱的探索中，古月撇开嘴，童真似地说："别急，我们喝点酒好不好。"

"今晚我是你的奴隶，是你的臣民，一切都顺从你。"王矗回过神来，有些失望地说。

"真好。"古月狠狠地在他的脸上吻了一口。

在爱情中，女人在男人的眼里永远是孩子，她们需要哄，需要呵护，需要被爱。

王矗从床上下来，点燃蜡烛，昏暗的屋子一下亮起来了，在烛光中，两人的眼睛满怀深情。王矗打开手机，将歌曲 *Let's Get It On* 设置为单曲循环播放的状态。打开红酒，倒了一杯，抿了一口，然后将桌子移向床边，自己坐到床上，将古月抱在怀里，深情地给她一个长长的吻，淡淡的酒味在两人嘴中挥发，像一针爱情的麻醉剂，将两人带到忘我的境界，没有时间的概念，没有光明和黑暗。

古月偎依在王矗的怀里，在昏黄的烛光下，眯着眼睛，仰起头，轻轻抿了一口，慢慢将酒滑入喉咙。这至上的享受让古月彻底融化。

　　她下定决心，要忍受住那只有女人才特有的痛，只有在无私的给予中，爱情才显得伟大。在短短几秒品味酒的过程中，她感觉自己已经接近永恒。

　　王骞湿热的吻，轻轻从她的耳边游向后颈、后背、游向右耳，游向脖颈……两具身体在烛光中，活跃着，像夏娃和亚当一样的一对天使，享受着人类才拥有的浪漫情怀。

　　古月一声声微微的欢乐叹息，是世界上最美妙的音乐。在希腊神话中，塞壬发出的不就是这样的声音吗？

　　是这样的声音，征服了天下所有的男人。那些在战场上赢得赫赫战绩的英雄啊，是这样的声音，彻底融化掉了你们的骨头，让你们自愿俯首。是这样的声音，让人类在前进的步伐中，血雨腥风。是这样的声音，让世界得以安宁和和平。

　　古月那柔软的身体不正像王骞身体的一根肋骨吗？在一阵剧痛中，她已经回归到王骞的身体，他们彼此已经融化进对方的心灵。

　　那一刻，灵魂早已不属于自己，而属于对方，不，两个人的灵魂分不清彼此，融合在一起，人才能成为真正的人，不是吗？在地球上，亿万人中，却只有男人和女人，他们通过不同的方式组合，成为真正的人，完成上苍赐予他们的任务。

　　那时，手机中响起的音乐在他们耳边消失了，淡淡的烛光在他们的眼睛中消失了，桌子上透明的杯子里的红酒消失了，屋外纷乱的世界消失了，他们心里眼里只有对方，一切都是那么自然，没有征服与被征服，两个灵魂在一起平等地对话、平等地交流。

　　古月闭着眼睛，任王骞的吻在肌肤上舞蹈，他们在共同铸就一件艺术品，这件艺术品的名字叫爱。

　　在爱中，他们成为人间的天使，忘记了时间的存在，忘记了现实的残酷，忘记了身在何处，他们的灵魂只属于对方，当他们从爱的世界中醒来，彼此相视一笑，紧紧抱在一起，用迷蒙的眼睛久久注视着对方，听着对方的心跳，感受着对方的呼吸。

爱的味道和淡淡的红酒味道飘散在空气中。

在王鑫的眼里，那一刻，古月是他的爱神，他们心中只有爱，两颗心是那么的透明。

蜡烛已经熄灭，屋子又陷入一片黑暗，古月躺在王鑫的胸膛上，手轻轻抚摸着她的脖颈，王鑫望着天花板，若有所思。

"你永远要记住，如果哪一天，你不爱我了，我会放你走；亲爱的，你永远要记住，无论你走到哪里，我都有一只眼睛，在注视着你，一辈子。"

王鑫内心无比的痛苦，里面隐含了太多他们爱情路上可能要面对的却不能说出的话语。他说那番话的时候，并不敢直视古月，只在说完后，紧紧地抱紧她。

古月用手缓缓撑开他的手臂，对着王鑫的双眼，满含至上的幸福，算是回答。

或许，说不定哪一天，古月这样单纯的女孩子，一旦经历现实物质的触动，会从浪漫的爱情中醒来，离他而去。

在谈恋爱的第二天晚上，王鑫就给古月打过电话，说他来自农村，父母已经年近半百，靠打工赚取血汗钱，供他和他姐姐读书，家里没什么积蓄，现在只能说还能过小日子。

他没有车，没有房，如果古月要和他在一起，在毕业一段时间，必须要吃些苦，成为房奴，成为车奴。通过两人的奋斗拼搏，才能创造属于他们的幸福，如果古月考虑到现实，当时还可以离开。

王鑫的经历告诉自己，在滚滚红尘里，多少人会坚守着最初爱的誓言呢。古月的人生，读研仅仅是开始，她几乎从小就没有尝过生活的艰辛，一直都处在父母爱的包围中。他要做的就是努力学习，争取在毕业的时候，能找到一份体面的工作，争取在和古月在一起的日子里，让她少受苦。或许有一天，她被现实折磨得无奈的时候，说不定会改变对爱情的信仰。

他已经受够了生活的折磨，他只想生活简单一些。或许，这也是他选择古月的原因。

我们的人生一直都在假设，一直都在期待，一直都在希望中度过。当我们不再假设，相信人生都是在一成不变的轨道上逆行时，我们生命就失去了意义。

古月在电话那头哭着说，爱他，才和他在一起，没有原因。爱就是这样，而且他们两人还能活下去，并没有走投无路；相反，他们才开始自己真正的人生，有的是希望。

她选择他，看重的并不是他的出身，或许是命运决定让他们要在一起的。古月告诉过他，在大家给她过生日的时候，在切蛋糕之前她许下一个愿望，希望上苍给她一个爱人，没想到在第二天晚上就实现了，真是梦想成真。

当时王蠢感动得振臂欲呼，在心中立下誓言，一定要像一个真正的男人一样，创造一片天地，作为爱的回报，送给这个女人。

想着古月的付出，放在现实的平台上，她将自己最宝贵的东西都给了自己，这需要多么大的勇气。自己必须要承担起这样的责任，让她幸福。作为答复，他吻着古月，将古月抱得更紧。

在爱中，就用力去爱，不要过多考虑结果，否则人的精神永远得不到真正的解脱，不要去问什么原因，爱是艺术，而不是功利的物质。就像一首动听的曲子、一幅美丽的图画、一段婀娜的舞蹈，给人是美的感受。不要试图用自然科学机械的方法问怎么来的，怎么创造的，只要用耳朵去听，用眼睛去看，深深体味，让美好留存在心底，那种美好，是希望的化身，是支撑着人走向未来的动力。

# 六

人点灯，不放在斗底下，是放在灯台上，就照亮一家的人。你们的光也当这样照在人前，叫他们看见你们的好行为，便将荣耀归给你们在天上的父。

——《马太福音》

经历一夜爱的洗礼，两人的身体都有一些疲倦，精神却很好。早上八点的时候，外面还没大亮，整座城市被不眠的灯火罩着，雪花在灯下舞蹈，古月醒来，感觉有些饿，睡眼惺忪的她头枕着王矗的手臂，双手紧紧抱着他，她想起来吃些东西。

看着熟睡中的王矗，又打消了念头。她感觉她的腿被王矗的腿压着，有些麻痛。便想轻轻地抽出来，一不小心，把王矗也弄醒了。

"你这只小猴子，睡觉也不老实，一会儿给你盖被子，一会儿又被你弄醒。这不，人家刚刚睡着，又被弄醒了，真是讨厌死了。"醒来的王矗，并没有生气，而且将讨厌两个字说得特别的充满童趣。说完，用力地给古月一个吻，算是早上的礼物。

"你才是小猴子呢，你才讨厌呢!"古月心头掠过头晚经历的事，显然对这样爱的称呼很满意，回敬王矗一个吻，高兴地说道。

当肚子发出咕咕的叫声的时候，王矗拿出零食，将古月喂得饱饱的。两人又抱紧，躲在暖暖的被窝中，睡到了下午一点，才起来退房，手牵手地进入雪国。

两人并没有直接回学校，而是去了商场。在商场，王矗给古月买了一双手套，还有一条围巾。然后，两人从这个小吃摊吃到另一个小吃摊，吃得撑不下去了，才坐上公交往学校走，那时天空已经灰蒙蒙的一片，华灯初上。

刚下公交车，就碰见两个小学生模样的小女孩站在公交车站旁，其中一个抱着一只小狗，小狗冻得瑟瑟发抖。

"哥哥，你要喂狗狗吗？你看它多么乖，多么可爱。上个周它走失在我们的楼道里，我们把它养了起来，但我们家里还有一只，两只狗狗经常打架，所以我们不得不把它抱出来让人领养。"抱着小狗的小姑娘对王翥说。

"亲爱的，你看它多可爱，多可怜啊！"女人天生的怜悯之心，让古月对眼前的小狗生出无限的怜惜之情。

一句亲爱的，让王翥措手不及，羞得满脸通红。一想反正谁也不认识谁，很快肤色就恢复正常。他也知道，古月特别喜欢小狗、小猫，但住在寝室是不能养狗的，他们有那个心，却没那个力。下雪以后，路被雪封住了，很多狗找不到回家的路，成了流浪狗。

王翥和古月经常看到五六只漂亮的狗在学校食堂打转，寻找食物。幸好学校人多，很多同学自发地买食物扔给它们吃。古月和王翥偶尔也买些包子，或将吃剩的饭菜打包扔给它们。要自己养一只狗，一是自己没那么多时间，二是寝室养狗严重影响大家休息，加上学校也严令禁止。

前段时间，他们的一个师哥捡了一只蝴蝶犬喂养，还特意买了一个狗嘴套，不让它发出声音。一天在喂食的时候，狗叫了起来，被楼管阿姨发现，强行要求他将狗送出寝室。

王翥好好地向两个小妹妹解释，说明他们也很想养狗，但条件不允许，让她们寻找条件好一点的主人，并建议实在没人养，让她们将狗送到防疫站去。

离开公交站台后，古月不停地说，那些狗狗太可怜了，要是自己在外面租房子住的话，一定将它们全都养起来。王翥开玩笑说，那她不就成了狗妈妈了，他则成了狗爸爸了，逗得古月哈哈大笑起来。

到学校，两人在图书馆看了一会儿书，王翥才将古月送到楼下。

# 七

一个没有受到献身的热情所鼓舞的人，永远不会做出什么伟大的事情来。

**——（苏）车尔尼雪夫斯基**

古月依然每一天睡得很迟，不吃早餐的习惯一点也没改变。而且要睡到自然醒才去上课。

几个老师都提醒过她，她也依然我行我素。

圣诞节过后一周就停课了。研一必修的公共课政治和英语是必考科目，其余三四科专业课是写课程论文，政治是开卷考试，对于考过研的人来说，都是些不断重复的内容，不用复习也能过关。

对于英语，大家读研以来都没好好学，加上每一个学生都旷过课，因此，大多数人都在担心不已。

"同学们，在我的课上，你们千万别为英语课及不及格而担心，在我这里，你们每一个人都会考很高的分数的。你们想嘛，假如你英语实在不好，考不过关，到时候影响你毕业的话，你一定会通过种种关系联系上我，要么是你们的院领导，要么是你们的导师，让我给他们面子，让你们过关。我和他们嘛，都是熟人，不得不给他们人情。现在人情两个字太沉重，我也很无奈的。比如，假如你们院领导打电话给我让我放你过关，我能不吗？不的话，以后我的饭碗还在他的手里。哼，我不给他面子，我的饭碗得高高挂起。"

"你们放心，考试一定要让你们过关的。在我的课上，我准许你们逃 3 次课，不是说了吗，不逃课的学生都不是好学生。其余考勤你们都来，那么你们就别为英语担心。假如你们想学好英语，跟着我学习一学期，不喜欢学习英语一定会喜欢上英语；喜欢学习英语的，一定会更加喜欢。现在我发一个表给大家，你们每人必须写上自己的兴趣爱好、籍贯，包括婚否、恋爱与否，而且每一个人都要评估一下自己的英语水平，找出自己学习英语的瓶颈在哪里，到时候我根据大家各自的情况因材施教。记住，你们填的信息一定要真实，这是在学做人，你们都上研究生了，尤其是对待老师，应该有起码的尊重，如果让我看出你们哪位不认真，我也会想办法让你认真的，哼哼！"全班绝大多数学生都被逗笑了。

"下课后你们每人准备一张两寸照片，在背面写上自己的姓名，下节课交上来，我会帮大家贴在我发的这张表上的。"

接着，他给大家每人发了一张表，还不忘吹嘘自己说："跟着我，想学不好英语都难。"他鸭子似的声音将全班都逗笑了。

"可不可以不填婚否和恋爱情况？"有女生问。

"不行，我会根据你们婚恋情况，发相应的英语资料给你们，让你们学好英语。比如，你们两个在热恋中。"他指着上课迟到的一对情侣说，"我会给你们准备热恋中会用到的英语，你们在热恋中也可以学习，多么好的事情，而且也给恋爱增加一点浪漫气氛。"他嗲声嗲气的表述，逗得那对情侣有点不好意思，全班同学又哈哈大笑起来。

"你们别笑，这是实话，到时候你们就知道我的厉害了。我发明了根据我自己名字命名的李氏教育法，不说在别的地方，我在整个 W 城，还是比较有名气的。况且我这个人比较低调，不喜欢太出名，喜欢宁静。本来以前我有很好的机会出国留学的，但我喜欢大学的校园，喜欢教书，所以留在这里教书了。我是全校唯一一个只有本科文凭的英文老师。鄙人不才，但你们院长非得请我来给你们上专业英语课，真是盛情难却啊。"

上第一节课的时候，这位姓李的英语老师光吹嘘自己就花去了半节课，然后讲了一下本学期的课程安排。最后，用自己的鸭公嗓教大家朗读了几个初中时候就学会了的英语音标。

"Sorry，I have a call。"上到大半的时候，他的手机响起，他给大家道了一个歉，拿着手机就走出教室。两三分钟后，他匆匆进来，脸上挂着笑。

"同学们，不好意思，你们院长请我过去喝一杯，我跟他说我在上课，他非得让我过去，只好下一次给你们补今天的课了。"边说边收拾课本，走到门口还不忘回来补了几句。

"I forget a thing，这学期你们都不用特别准备资料，我将会给大家发一本我精心准备的讲义，你们到时候只带着身体和笔来就是了，同时，Have a good day。"然后装萌似的挥着手跟大家说拜拜。

第一节课下来，几个单纯女生被这个 50 多岁的离过婚的单身男人的花言巧语彻底迷住，觉得他幽默，尤其是当他写出音标，让每一个同学都读一遍的时候，他会特意走到每一个同学身边，望着你的眼睛，眨也不眨，逼你读出来，很多同学在这种意想不到的压力下，自然读得很小声，他就会大声地给他们纠正读音，并且让那位同学大声跟着他读几遍，好多学生都觉得他太负责了，感动得认为以前英语都白学了，连最简单的音标都发不准音，那些被迷惑的同学差点流泪磕头拜谢。

他说，虽然他没出过国，但 W 城里像他那样纯标准的英式英语发音没几个，最绝的是，他会每天六点准时起床读英语，而且一读就是 20 多年。

那些稍微有些教书经验的同学都知道他要的花招。果不其然，开学下来的几周，他还是依然坚持教音标，仅几十个音标就教了四个周，每教一个音标，他就会根据音标发音情况给大家选择几个四六级单词，让大家练习读音，要反复地、大声地读三十遍，要求大家通过想象记住单词，这种方法就是他发明的"李氏教学法"。那些基础非常差的同学很感谢他，只不过绝大多数人都觉得那些内容只是高中的内容。这样过了一个月，全班五十多位学生，来上课的学生只剩三分之一。其实，每次上课上到大半的时候，他都会找借口走掉，要么是学校哪个领导叫他去陪酒，要么是让他去国际教育学院接待外国友人。

后来好事的学生一打听，才知道原来这个 50 多岁爱卖萌的单身男人是搞培训的，每一次上课接的电话，都是培训学校打来催他上课，根本不是什么领导让他陪喝酒。

他将大家的个人信息收上去后，也没根据大家的什么兴趣爱好和自身情况给大家量身定做相应的学习规划，只推说自己很忙。其实，只不过趁机收录几个班上漂亮女生的个人信息，最重要的是她们的个人联系方式。有几位女生在私下说，有好几次在半夜的时候，收到他发给她们的低俗短信。有几次周末，他还以老师的身份给她们每个人打电话，说是学习交际英语，请她们喝茶。

有一位基础差的女生第一次还信以为真，果真去了。只不过到了以后，在一个茶楼上，根本不是学习英语，压根没那回事，他不停地问这问那，比如她的择偶观、恋爱观，家里有几个兄弟姐妹等等，吓得那位女生喝到一半就生气走了。她们敬爱的李老师，后来还连续给她打电话，发短信和邮件。那位女生吓坏了，最后叫着他的名字说，如果再骚扰，就打电话到学校告他。这样他的行为才收敛了一些。

看着学生来得一天比一天少，他只好让课代表通知每一位同学，接下来的半学期，每一个人每一次都必须到，否则他将按照学校的规章制度，将每一位旷课学生的情况汇报给学校，而且期末一定不及格。在他的淫威下，学生们不得不去上课，到了教室，还是看自己带的专业书。

一学期很快过去，他终于开始教到简单的语法，给每个人发了四五张音标和单词表、两套四级真题，说的是帮同学巩固基础，还有四五张不知他从哪本高中复习资料上复印过来的单选题，他也以种种借口尽量不给同学们上课，去他的培训班挣钱。倒数第二节课的时候，他示意让学科班长收资料费，每人50元，全班怨声载道，不到20张A4纸，就值50元人民币，感觉不但爹被坑了，娘也被坑了，只不过大家为了过关，都忍着交了。

这位李老师真正奇葩的是最后考试那天，他用几套中考试卷拼出一套题来，让学生们做，发完试卷，他就跑到外面抽烟，让同学们在教室相互交流、查手机、交换答案。

一学期下来，班上同学觉得实在没学到什么，幸好考试结果出来，每人都以90多的高分顺利过关。

# 八

世上没有为恶而作恶的人。有的都是企图从恶中取得利益、快乐、名誉而为之的。

—— （英）培　根

一学期下来，王蓦的导师给他们上过3次课，导师讲授的内容与给本科生讲授的内容是一样的。有好几次，本来他都来到教室了，办公室一个电话，一个抱歉，又离开了。

古月的导师给他们上《中国古代文学批评史》，整个学期，只上了一章，不是说她导师上课质量有多好，能旁征博引，而是每次她上课，都要说教，说读研应该怎样怎样，然后举一个具有代表性的例子，曾经一位师兄，为了考博，把《文学批评史》看了七遍，老师给学生解答问题的方法，其他的必须靠自己。只不过上她课的学生也没觉得她的课给同学们解答了多少问题，也没教给他们解决问题好的方式和方法，每一次上课照着课本念一通。更多的时候，和同学们八卦起帅哥和美女，偶尔发一通对时世的牢骚。

一学期大把大把的空闲时间，正好给了同学们自由。在外面代课的、斗地主的、打网游的、谈恋爱的……王羲坚持每天早上起来背《论语》，一学期下来，《论语》背了一遍。没课的时候，他几乎都将自己泡在图书馆，看看书，写写东西。大部分时间，古月会陪在他身边。刚恋爱的时候，两人腻歪在一起总是心花怒放的，什么也做不成，就算写东西，王羲也是写情诗送给古月。时间一长，两人在一起，也能安静地各做各的事情，到吃饭的时候，两人一起去吃饭。周末有时去监考，有时两人一起去逛逛街，去校外吃一顿好吃的。

每到晚上十点，王羲回到寝室，先是关紧门，尽量避免隔壁那斗地主的声音进入耳朵。打开台灯，听一段音乐，抄两首泰戈尔的《吉檀迦利》。有时，他和古月同时分享一段美妙的音乐，他们从班得瑞听到恩雅，从贝多芬听到莫扎特，从德彪西听到久石让……到了十一点，他会准时到操场跑步，每天 4000 米。这样的日子忙碌而充实。

一月五日下午六点，古月和王羲从图书馆出来，一起去吃晚饭。天放晴了，蓝蓝的，充满宗教般的神秘，夕阳洒在满地的雪上，折射出刺眼的光，人行道旁的每一棵树都傲骨铮铮地挺着，光秃秃的枝丫刺向冬天空旷的天宇。吃过饭，他们买了一笼包子，打算到食堂门口，给那些等待在外面的流浪狗。

那几天，流浪狗特别的多，他们不是收养流浪狗的专业户，只能尽自己的心意做一些力所能及的事情。学校里面像他们这样的学生还是特别的多。在众多的流浪狗中，他们发现一只很特别的母狮子狗，它的两只乳房特别的肿胀，肚子圆滚滚的。养过狗的古月说，它一定快产崽了。四处都是雪，它能生在哪里呢？小狗生出来后一定会被冻死的，正当他们打算跟踪一下它，也好为它产崽做一些准备。没想到，那天它圆滚滚的肚子变瘪了，两只乳房比以前胀得更大。

"它一定产崽了。"望着那只熟悉的母狗，古月对王羲说，"我们把包子给它，看它把小狗狗产到哪里了。"

"好。"王羲特意用手中的包子引诱那只母狗，让别的狗不能和它抢食，等时机成熟，他将包子扔给它。那只母狗衔起口袋直溜溜向文学院楼跑去，古月和王羲远远跟着。它走进文学院大楼，径直走到地下一楼。在楼梯的下方，暖气片的旁边，三只毛茸茸的小家伙在那里打闹着，站都站不稳。一看到它们可爱的样子，古月就乐得笑起来。

"好可爱啊！亲爱的。"古月挽着王羲的手臂，摇晃着，用快乐的声音说。

"真像我的小乖乖。"王羲开玩笑说。

"讨厌。"说着，古月调皮地用手在王羲的脸上捏了一下。

"它们不会冻着吧？"古月关心地问。

"应该不会吧？这地下室来往的人少，就几间学生会的办公室，最近快放假了，他们事也少，你看人都没有。"望着黑黢黢的几间空屋子，王羲说，"有暖气，比较暖和，挺好的，只不过在这里久了，也不是办法。"王羲有些忧虑。

"那我们该怎么办？"古月急促地问。

"能怎么办呢，只能让它们在这里过冬了，反正要放假了，它们也不会妨碍什么。或许长大一些，就有人收养它们了。"其实，王羲一时想不到好的解决办法。

"唉，好乖的狗狗，好可怜的狗狗。"听完王羲的话，古月发出感叹。

"我们在离开学校前，每一天都给它送吃的好不好？"望着充满爱心的古月，也是为了给予狗一份爱，王羲安慰着她。

本来古月想过去抱着小狗狗玩玩的，但王矗提醒她，处于哺育期的母狗爱子心切，可能会咬人。古月只好远远观望一会儿，和王矗一起离开。

第二天，王矗和古月又买好包子亲自送到底楼。下午的时候，他们刚到一楼，碰见学院的书记周华熙。周书记看见他们提着包子正往地下室走，停下脚问他们下去干吗？

"下面有一只母狗产崽了，天冷，我们给它们送一些吃的。"王矗对周华熙的问话，如实回答。

"你们还真有爱心嘛，值得表扬。"周华熙对王矗和古月说。

"这是举手之劳。"古月代替王矗把两人的回复都说了。

"难怪这几天我加班的时候，路过这里，经常听见狗叫。不知哪个一点也不考虑后果，那么脏，说不定是疯狗呢！把它弄到我们楼下来，还产崽了，咬了人谁负责。"周华熙收起微笑，略一沉思，一正经起来，甚至有些冷淡。

"哪会呢，它在这里好几天了，外面冷，等天暖和一点，雪化后说不定它就能识别路带着它的小崽崽回到主人身边了。"

"那还得多久呢？不行。让它待在这里，影响形象，另外，也不安全。老王，老王。"说着周华熙对着门卫喊起来。

"来了，来了。"一位五十来岁的清瘦的矮个子男人急匆匆地一只手提着一个撮箕，另一只手拿着一把扫帚从楼上"咚咚咚"地跑下来。

"什么事，周书记？"矮个子男人将背略微一弯，对着面前的"大人物"说。

"老王啊，怎么把狗都放进地下室了。一点也不考虑后果，你知不知道流浪狗是很危险的啊。一是假如有传染病，传染到人的身上怎么办啊；二是影响学院形象；三是万一是疯狗咬着人谁负责啊？"周华熙将声音放得略微比刚才大，还在前面的基础上加了一条，对着这个扫地的矮个子男人说。

"知道了，是我一时不注意，以后我注意点就是了。"矮个子男人声音中带点无奈和哀求。

"什么以后啊，马上就处理。把它们弄出去，不要让它们待在地下室。"

"这……"矮个子男人抬起头，透过玻璃窗，望了一下外面堆满白雪的花园，顿时感到很为难。站在旁边的王纛和古月也不知道该怎么办。放到寝室是不允许的，到处都是雪，能放到哪里呢？况且外面零下二十几度，那几只毛都还没长齐的小狗，一放出去，非得冻死不可。

"书记，能不能等它们毛长齐再把它们弄走，反正在地下室也不妨碍什么。"王纛看着眼前这个矮个子男人的一颗慈善的心被无情拒绝，心中感到很不平，也不好发作，只得尽量控制自己情绪，将声音放低，说了一句。

"你们知道什么？万一明天上面来检查，怎么办？不是我想这样，我也没办法啊。"周华熙的表情真是千变万化，一下显出自己的难处来。

"它们一般是不叫的，我想在这样的情况下，谁都会发善心的。"古月终于忍不住嘟囔一句。

周华熙的脸一下冻结起来似的，眼睛也睁大一些，望着古月说："你的导师是谁？怎么说话这么没礼貌？这不是发不发善心的问题，这是安全和形象问题？"

"老王，把它们弄出去。"周华熙将声音放大好几分贝，对矮个子男子命令道。

"弄到哪里去？书记。"矮个子男子还在拖延。

"弄出去就行，不要在底楼就好。垃圾堆和雪地都行。"周华熙依然保持刚才的音量对老王说。

"好，好！"老王鸡啄米似的点头，不情愿地迈开步子。他们三人也跟着到了楼下。

"臭死了，不知道平时你们是怎样打扫卫生的！"一下底楼，周华熙就抱怨道。

母狗不在，三只白色的小狗狗正在底楼打闹，一看见他们下来，马上跑到暖气片旁边。

"母狗不在，把它们扔到垃圾堆里面去。一会儿，母狗听见狗叫就会找到它们的。"周华熙依然是用命令的语气说着。

矮个子男人极不情愿地走向暖气片，将三只小狗轻轻捏起来，放到撮箕里面，然后快速走上一楼。

"你看这些狗屎，真臭，学生会的同学们不知道怎么在这屋子里组织活动的。"周华熙看着暖气片旁边一堆狗屎，再一次抱怨。

"老王一会儿把下面的卫生打扫一下，最好用拖把拖一遍吧。"周华熙抬起头，对着楼上喊。

"好。"楼上传来老王跑着步回答的声音。

王羲和古月跟在周华熙的后面上到一楼，到门口的时候，两人跟他说了一声"再见"，就往教学楼左边的垃圾房走去。

果不其然，三只小狗在垃圾堆上冻得嘶嘶直叫。老王已经回去打扫卫生去了。周围也围了好几个同学在那里议论纷纷。

"好可爱，怎么产到垃圾堆上了。"其中一位同学说。

"领导说影响校园风景啊。"王羲说。

"你们寝室不是有一个大纸箱吗？你回去拿来。"王羲对古月说，"给它们做一个窝，再加几件旧衣服，你看它们冻得不行了。"

"你在这里看着。"古月被王羲一提醒，迈开步子就往寝室走。

在等待的过程中，母狗急匆匆地找来了，三只小狗看见母狗跑来，嘶嘶的声音变小，争着往母狗的肚子下面寻奶吃。可能是地面上的雪太厚，母狗肚子上的毛已经湿了，冷得直发抖。

它不停地舔着小狗的毛。偶尔抬起头，望着旁边那些异类，施诸其暴力的异类，它的眼睛里透出绝望和反抗的眼神，四处都是雪，把幼崽往哪里带呢？看着这一幕，身旁一位女生不由得流出泪来。是的，那些幼崽，不正像小时候的我们，需要保护，需要食粮。

那种舍弃生命而给予新的生命爱的所有生灵，它们在神的面前是平等的。

古月气喘吁吁地拿着一个纸箱快步走来，长长的羽绒服让她行动很不便。王耄看着她累得汗都出来了，接过箱子，将纸箱里的衣服摁了摁，弄出凹形；然后，慢慢走过去，踩着垃圾，忍着脏臭，很亲和地向狗靠近，口里不停地说："乖乖，别怕，给你做一个窝。"母狗没有反抗，只是用怀疑的眼神观察着这么多天来一直给它送食物的异类。或许它能感应到，这个人不会给它造成危险。

王耄拿着纸箱靠近它们，将纸箱尽量放低，一只小狗滚到纸箱里，在纸箱里挣扎着，它被陌生的举动吓坏了，在寻找母狗的呵护。母狗在旁边，并没有反抗，它感应着人类身上那种动物的灵性。王耄用手将另两只也捉到纸箱里，端起来，抱在怀里，从垃圾堆上下来，母狗也顺从地跟着，不停地抬头望着纸箱。

"往哪里送呢？"王耄不知道该咋办。学校所有能放的地方他都在脑袋里过滤一遍。他不得不问身边围观的同学："你知道哪里可以放这个纸箱，要有暖气。"怀抱中的纸箱，他觉得是一个大大的包袱。

终于一位同学想到一个地方，激动地说："我想到了，体育馆旁边，那里四边都有往地下一层的楼梯，后门那几乎没人在那里走动，在楼梯拐角处有暖气片，不用进馆，暖气片就挨着窗，放在外面，应该不会冻着。虽说放在外面，那里风也小，暖和，况且我看纸箱只有一个口，挡风比较好，可行。"

王羲马上想到那个地方，说了声谢谢，就径直往那走。果不其然，通往那里的路，还被雪覆盖着，根本无人走过，这让王羲心放宽了些。

"慢一点，一会儿抖着小狗了。"古月跟在王羲的后面，心疼地对王羲说。

他们绕到体育馆背面靠围墙的位置，几个跟上来的同学走下阶梯。果不其然，那里有一扇窗，王羲蹲下去，一摸，暖暖的。他将纸箱放下，贴在玻璃上，望了望蜷缩在里面的三只小狗。

"这就是你的新家了，别到处跑。"他对着母狗说。

他尽量让开一点，这时跟来的母狗钻进纸箱，躺下，舔舐着几只正在争奶吃的小崽崽。

"它们不会冻着吧?"古月关切地问。

王羲回应说："我看玻璃窗的温度挺高的，纸箱吸热，估计冻不着。"

"那就好，好了，我们走吧! 水壶还放在食堂，还没打水呢。"古月提醒王羲，刚才只顾买包子，壶也忘记提了，水也没打。他拉着古月戴手套的手，朝食堂走去，同时也对旁边的人说："大家都散了吧，刚才它可能也吓坏了，有时间大家都来送点吃的。"

王羲和古月打好水，一同来到古月楼下。

"等我们老了的时候，我们要养一只大大的狗，拖着我们到处跑。"回寝室的路上，古月天真地说。古月为当天的事激动不已，感觉自己做了一件好事，王羲的举动，也让她倍加觉得他是一个值得信赖托付的人。

"那你还不如快点给我生个宝宝，等宝宝长大结婚后给我们生个孙子，等孙子拖着我们到处跑呢。"王羲跟她开玩笑说，"以后多生一个孩子，就可以了。"逗得古月心里痒痒的。

"我才不干呢，怀胎那么痛苦。你喜欢小孩，你去做个手术，移植一个子宫到你身上，通过人工授精你就可以怀上宝宝了。"古月反驳道。

天冷，零下十度。下午两人就没有一起去图书馆，各自在自己的寝室里看书。到吃晚饭的时候，两人像往常一样去吃饭，然后，到操场走两圈，又回到寝室。

是夜，洁白的月光照着地上的积雪，整个大地都罩在雪的世界。

王矗看了一会儿书，黄军就回来了。他很少回寝室，一到周末就回家，要么平时没课的时候，在外面瞎混。

黄军一回寝室就开始打游戏，将音乐空放着，还有那缭乱的烟雾，让王矗怎么也静不下来。吵闹的声音让本想写点东西的王矗放弃了想法。

王矗打开电脑，叫古月和他一起听音乐。古月常常跟他说，他听什么样的曲子就知道他是什么样的心情。感情的交流有时不需要言语。

考虑到古月睡眠不好，为了不让她睡得太晚，常常到了十二点半的时候，王矗就催促古月快快收拾睡觉。往往古月答应得好好的，可王矗下线后，古月还要看一部电影，或听一会儿音乐，或在网上浏览淘宝，看看适合自己的衣服。

两人听了一会儿音乐，在 QQ 上聊了一会儿当天给小狗做窝的事情。王矗就催促古月洗漱好准备睡觉，他也下线去盥洗室洗漱。正当他准备爬上床睡觉，突然听到狗的惨叫。他赶紧跑到窗边拉开窗帘，打开窗户，寒风呼一下吹进来，让本来穿着单薄睡衣的他打了一个寒战。还在玩游戏的黄军也嘟囔一句："王仔，你这是在搞谋杀啦。"

"军哥身体健壮，这一点应该禁得住的。"王矗回过头回应一句，将头伸向窗外。楼前的图书馆和文学院所在的教学主楼早已灯光熄灭，静悄悄的，远处城市不眠的灯火在月光下显得不协调。

三个人正从教学主楼那面小跑着往图书馆楼道上追赶一只狗，其中一个拿着棍子的人说，拦住那面，另一个说，看你往哪里跑，截住它，将惊慌失措的狗赶到覆盖着一尺多厚雪的草坪上。狗跳到雪地上后，跑也跑不快，一个人靠近，举起手中的棍子，狠狠敲打下去，一下，两下……几声惨叫后，将它装进口袋，离开……

"学校在清理流浪狗。"他回过头对还在玩游戏的黄军说。

"冬天吃狗肉好哇！大补。"黄军望着电脑显示屏，头也不回地回了一句。

王矗被冷风吹过的脸没有一丝的表情，他扭过头，抬起头望望远方的绵延山峦，叹了一口气。一滴冰冷的泪滴落到窗台上。他不禁地想到他今天才做好的狗窝，那些可爱的小狗，清狗运动会让它们也难逃厄运。

这也不是他第一次亲眼目睹残忍的清狗运动了，只是想不通，人类啊，有时为什么这么残忍地对待那些弱者呢？他已经尽力了，他也知道他不可能跑去让楼管打开门去阻挡这样的行为，而且是阻挡不住的，真正发动清狗运动的人永远不会出现，他的一个命令，这些流浪狗就魂归天际。

有一种无力感升上心头，在这个熟悉而又陌生的学校和城市，他深深呼吸一口冷空气，将窗户关上，拉上窗帘，看了一眼戴着耳麦玩得正高兴的黄军，本想跟他继续聊聊看到的一切，话到嘴边，又咽下去了，无声地爬到床上，躺着，给古月发了一条短信："亲亲我的宝贝，晚安，吻。"

关掉手机。

他在想怎么样对古月说他看到的一切。其实，在前两天，黄军告诉过王矗，这个周有一个省级的领导要来学校参加一个表彰会。他也觉察到最近学校一些轻微的举动，就在当天下午，他还看见学校的一位领导领着几个人在主干道上指手画脚，说着怎么设置障碍，到时候车怎么走的事情。凭他做过记者的经验，他想黄军说的话是真的。

他相信，第二天早上，宁静的校园依然会准时响起广播，师生们会按时上课，没有多少人会关注这次的清狗运动。

王纛躺在床上，久久不能睡去，思绪万千。黑夜本该是宁静的，可是真正宁静的时刻有多少呢？

夜，是的，都是在深夜，太多难以想象的事情，在夜里默默发生着。

王纛叹了一口气，想起顾城那句"黑夜给了我一双黑色的眼睛，我却用它来寻找光明"，慢慢遁入梦乡。

# 九

你们饶恕人的过犯，你们的天父也必饶恕你们的过犯；你们不饶恕人的过犯，你们的天父也不饶恕你们的过犯。

——《马太福音》

徐娜在一步步走近萧玉，古月曾经也提醒过萧玉，让她和徐娜在心里保持一定距离。

圣诞节之夜后的第三天下午四点，萧玉一个人在寝室，古月和王纛去图书馆了。徐娜到她们寝室，叫萧玉陪她逛街。萧玉一想，反正逛街嘛，没啥的，还给古月打了一个电话，告诉她自己去逛街了。

这一去，到了晚上十一点半还未见萧玉回来的影子。古月慌了，不知道发生了什么事，萧玉手机一直关机，徐娜的手机处于无法接通状态。她赶紧给王纛打电话。王纛也打了徐娜和萧玉的电话，同样的处于无法接通状态。又打电话问黄军，黄军告诉王蓁，下午黄军跟徐娜通过一次电话，说她们在逛街，可能去看电影了吧。

这看起来是一个定心丸，其实让人更担心。徐娜是什么样的人，凭直觉王蓁知道，跟着她，出任何事情都是有可能的。

王蓁内心十分着急。萧玉像一块随时可以掉落在他心海的石头，一旦落下就会激起层层的巨浪，让他整个世界地动山摇。

在古月面前，他又不敢显出过分的担心，只好安慰古月说："都大人了，两个人都是研究生，智商也不低，应该不会有问题，假如第二天早上还没有消息，就报警。"

眼看十二点到了，古月打了十几个电话还是没接通。王蓁在寝室，也不停拨打徐娜和古月的电话。黄军和他女朋友出去了。古月和王蓁两人在各自的寝室担心不已。十二点半后，还没有萧玉的消息。古月一个人在寝室害怕，不敢睡觉，王蓁打电话给她，让她将寝室的灯都开着，同时让她躺下，盖好被子，自己给她讲故事，让古月慢慢地睡去。

他心神不宁地半睡半醒睡到天明。

第二天早上刚刚八点，天还未大亮，校园静悄悄的，一辆奔驰 L350 驶进了校园，直达古月她们寝室楼下。车门打开了，从副驾驶的位置，走下来满身疲惫、秀发凌乱的萧玉。

她脸上没有一丝表情，甚是苍白，身上还有些酒味。随后从司机位置走下一位肚子微凸的四十多岁的男人，提着几大包崭新的衣服叫萧玉的名字，让她把衣服带走。萧玉吼一声"滚"，接着有气无力地走进宿舍楼，头也没回。那个男人看着她走进寝室，无奈地摸出手机，拨打她的电话，萧玉没有接，只好将几大包衣服放在副驾驶的位置，又开着车走掉了。

萧玉从车下来，回到寝室，庆幸自己没有碰见一个熟人看见她的狼狈相。一夜都没熟睡的古月听到敲门声，赶紧起来开门，看到萧玉那疲惫的样子，惊讶地说："亲爱的，昨晚你去哪了？"

没有回答，两行泪水从萧玉满含痛苦的红肿的眼睛里溢出来。两腿一软，向古月倒去。古月吓得不行，拖着昏倒的萧玉，放在椅子上，倒了一杯温水，让萧玉喝，然后准备给王矗打电话。

"别，别，别打电话告诉任何一个人。"萧玉扑在桌子上又哭起来。古月收起电话，马上过来安慰萧玉："怎么啦？"

"我不想活了，老天为什么这样惩罚我啊。"萧玉还在呜呜哭着。

"怎么啦？"古月声音中带着无比的恐慌。

萧玉将头抬起来，扑在古月的怀里，抽搐个不停。

过了好久，才好一些，将头一天发生的事跟古月说了。

## 十

昨天下午，徐娜来叫我跟她一起去逛街。

我想，逛街嘛，有啥呢，于是就答应了，而且我怕你回来找不见我，我还给你打了电话。我们到商场逛了一大圈，看着那些衣服都挺好的，只是好贵，也只能看一看，试一试。我正在试一件衣服的时候，徐娜说她要上厕所，我答应说好。

我看上一件衣服，一看价格 3000 多，也没打算买，正要放回去。

这时徐娜回来了。突然，徐娜的手机响起，只听她和对方聊道："叔叔，你在哪？我也好想你……啥？你也在这面……那你上来帮我买一件衣服嘛……好，我在五楼等你……"

说着，她挂掉电话，向我高呼着，说她的叔叔刚好经过商场，要来给她买衣服。

她的叔叔是一位四十多岁，肚子微微凸起的男人，身高一米八左右，看起来文质彬彬。一想是她叔叔，平时她花钱也挺大方的，估计她家里挺有钱的，也没多想，便信以为真。况且看他的样子，还挺和善。徐娜还给他介绍说我是她学妹和闺蜜。他开口闭口就喊我"妹妹"。

他脸上装出的伪善笑容让我麻痹了，对他放松了警惕。他带着我和徐娜逛了一圈，给徐娜买了三套衣服，花了5000多元，都是刷卡，我看得眼都直了，5000多块钱，我们每周都监考的话要一学期才能赚到这么多呢。

并且她还帮我选了一套，非要让我试，我也跟她说了，我没带那么多的钱。她说，试嘛，又不是非得要买。等我从试衣间出来，她和他叔叔齐声叫好，说挺好的。我也照了照镜子，的确挺好的，一看999元，吓了一跳，太贵了，我还未穿过那么贵的衣服呢。只好说我不喜欢那样的颜色，推辞掉。又回到试衣间换上我自己的衣服。

等我出来，徐娜叔叔对我说，这件衣服挺适合我的，他女儿也和我个子差不多，和我一样的年龄。这样的年龄，是人生最美好的时候，她要什么他都给她买。我又是徐娜的学妹和闺蜜，就当他送给我的小礼物。我再三拒绝，可他拿到收银台都付了钱，硬是塞到我手里。

我以为他是真心实意地如他说的那样。哪知后来，他竟是一个禽兽。

萧玉又哭起来。

买好衣服，快七点了。那个禽兽说已经到了吃饭的时间了，非要请我和徐娜吃晚餐。考虑到人家花了钱给我买衣服，也不好再麻烦人家，坚定地想回来。他说我不给他面子，我拗不过，他买的衣服还在我手里。徐娜也在旁边怂恿说，没事的，一会儿她叔叔送我们回学校。我没办法，只好顺着他们。那时我失去了防范心理。

我看时间也不是很晚，打算吃了饭就回来，就答应了。

和他们一起上了车，天已经黑了。本来我是一个路盲，根本不知道他要把我载到哪儿。在车上我们几个聊了聊，我得知，他在C城做生意，距W城近，他们在W城和C城都有房子，家里还有几辆车。

最后他说和我们周书记认识，是老同学，还经常在一起喝酒。说着他还打了一个电话给周书记。我只听到："华熙啊……你在哪里呢？你的两个学生和我在一起啊。哦，对对对就是我侄女……幸亏你照顾啊……我好不容易来W城一趟，出来喝一杯吧。好好……就在沁园春饭店，你距那里近，你先订好一个包厢吧，我正往那面赶。"

我当时也想，说不定那晚我真的看错了。那时真是六神无主，想给你打电话或发短信，也不知道自己在哪儿，害怕你担心。一想有周华熙在，心里也安慰了一些，心想他们不敢害我，要是有事情我马上报警。现在我真后悔，当时太相信人了，也没来得及跟你联系。

到了一个饭店，糊里糊涂地跟着走，想着光天化日之下，也不敢把我怎样。进去后，一直走到一个包厢。周华熙已经在里面等着。一进门，周华熙和那个禽兽就握手，开玩笑。

周华熙对徐娜叔叔说："你啊，厉害，居然拉着我们学院的两个美女逛街。"他那一副二流子样子，和办公室那副衣冠楚楚的样子完全不同。

"萧妹妹是小娜的学妹，她们两人在逛街，顺便碰上了，同时也是感谢你对小娜的照顾，叫你赏光，吃个饭，平日啊，你总是日理万机的。"那个禽兽接着说。

"哪里哪里，照顾我的学生本来就是我的职责嘛！"

"小娜啊，今晚你要敬书记一杯啊，以后你工作还望书记帮忙呢。"那个禽兽说。

"好！"徐娜娇滴滴地说，可眼神却望着周华熙。一进去我就发现他俩有些怪异，只不过也不能马上走开。本想趁上洗手间的机会给你打电话，可手机偏偏没电了。我只好借徐娜的电话给你打。

可周华熙看见了，马上说："萧玉啊，一个人也该学着走走社会，有我在，害怕什么呢。一会儿我们的车送你们回去，行不行。"我只好打消这个念头。

"你看人家萧玉，多懂事，出来还要往寝室打个电话，哪像你整天没心没肺，大大咧咧的。"那个禽兽接着说。

"好学妹，以后我多跟你学习啊。"徐娜拉着我的胳膊对我说。

当时气氛挺融洽的，我就放松了戒备。等推辞一番将菜点上，周华熙打开一瓶茅台说："兄弟，今晚我们好好喝一杯。两个学生喝饮料，只不过要喝白酒做巾帼英雄的我也欢迎。"说完，徐娜那贱人马上说出要喝白酒。我当然说我只能喝饮料，假装说身体不舒服。我们四个人坐在桌子旁边，徐娜挨着周华熙，中间隔着她叔叔，然后才是我。吃了一些菜，他们开始喝起酒来。我还是防范着，害怕他们害我……

徐娜喝了两杯后，突然做出像要吐的样子，要我陪她到洗手间。我那时什么也没想就去了。洗手间开着窗子，冷风呼呼吹着，一下让人清醒不少。进去后徐娜像要吐，但好一会儿还未吐，然后梳洗一番，又出去了。进去一瞬间，感觉屋里很热，可能是刚刚吹着洗手间冷风的缘故。看见那两个禽兽头挨着头，不知在讨论什么。看到我们进去后，又将位置让给我们。

周华熙看了徐娜一眼，可能停留了有两秒钟。大家又接着喝，我还是端起桌子上我那杯饮料。可觉得味道有些变化，又说不出是什么味道，淡淡的，想到可能是刚刚吃了几颗银杏，也没多想。他们相互敬酒的频率加快，笑声有些诡异。尽管是做戏，我也不得不端起饮料敬他们。喝完后，头晕晕的，身上有些发热，也很想睡觉。见我这个症状，徐娜马上说："可能在卫生间吹着冷风了，坐着休息一会儿。"

谁知……呜呜呜……等我醒来，发现自己躺在一张大床上，屋里灯关着，可以模糊看清一些事物的轮廓。我身上一丝不挂，下身隐隐作痛。我顿时吓得不行……我身旁躺着那个禽兽——徐娜的叔叔。我的命怎么这样苦啊。

本来我打算起来悄悄走掉的。但我一起身，发现那个禽兽一只脚还搭在我腿上，就把他弄醒了。他一下打开灯，我只好躲进被窝。任泪水流着，大声叫喊着让他关掉灯，让他到卫生间。可他哪听啊，一下又扑到我身上，抱紧我。

古月早已看见萧玉脖子上那紫红的吻痕。她安慰着她，让萧玉把当晚的事说清楚，好拿主意。

他那么大的个子，我哪是他的对手。

萧玉脑子里想着昨晚那个情形，心中像打翻五味瓶一样。那禽兽抱紧我说他是真的爱我，要跟他老婆离婚后和我结婚，他还要为当天的事负责。以后好好照顾我，我要什么就给什么。我挣也挣不脱，也不敢大声喊。就算喊了，在这样陌生和冷漠的城市谁会帮我啊。

古月！伤心的泪水在萧玉那张憔悴的脸上淌着。那一刻，有多少痛只有她一个人能体会。

挣扎过后，我完全疲惫地躺在他怀里，我感觉整个世界都崩塌了。古月我该怎么办，怎么办啊？萧玉捶打着桌子，又大哭起来。

那时我不知道几点，也无法打电话。考虑到自己的名声，我也不敢大声呼救。在挣扎过程中，我死死咬他，把他手臂都咬破了，流着血，他也不放手。最后，只好跟他说，我保证不做傻事，他才放开我。

我问他为什么要那样对我。

他只说，他经常听徐娜谈起我，在见到我的第一眼就爱上了我。

那一刻我什么都懂了。原来是徐娜他们几个人早已谋划好了的。"明枪易躲，暗箭难防"，都怪我太相信人了，况且那一晚，并不是我的错，她做人家情人，太张扬了，才被我发现的。况且我也不是故意的啊。老天啊，你为什么要这样对我啊。

后来那个男的告诉我，他说他有一个女儿，也不希望他的女儿将来受这样的伤害。他跪在我面前求我的原谅，我真不知道他是真是假。当时就给我一张卡，还告诉我密码，说上面有15万，我唯一要做的就是千万别报警。假如他坐牢了，他全家就失去了他这座靠山了。或许我过于善良，当时真的不知道该咋办。我问他，是不是徐娜和周华熙设计的局。他没有回答，我问徐娜后来到哪里去了，他说和周华熙一起走的，就在另一家宾馆。

那个禽兽说我真的很漂亮，如果接受他，他在W城有一套空房，可以给我住，他会定期来看我。而且我要什么就给我什么。他还说，我这么年轻，今后还要结婚生子，就算自己不在意，也该为父母想想。假如报警，他会找黑社会的来收拾我和我的全家，让我读不成书。

古月，我费了多大的劲才考上研究生的啊！我只想凭我个人的努力，通过个人的能力找到自己的幸福！老天为什么这样惩罚我啊。

后来，我假装同意。我让他进卫生间，我起来穿衣服。穿好后，我什么也不想，就想回到寝室。时间还早，只能和衣躺了一会，七点半的时候，他一定要送我回来。当时我已经麻木了，任凭他处置。

我一样东西都没要他的。

我该怎么办啊？萧玉呜咽着，红肿着眼睛透着无助，像被整个世界遗落，找不到一根救命的稻草。

两个泪人哭成一团，分享着命运的不公。此时，萧玉换好电池的手机振动着，打开一看，是徐娜发过来的，一看内容："学妹，昨晚休息得好吗？如果有人问起你昨晚的事，就说我们唱歌的时候你喝醉了，找宾馆休息了，放心吧，没有人怀疑的。保重！"萧玉顿时感到天昏地暗。

"徐娜这贱人无耻和卑鄙到了极点！"古月看完这短信，不禁骂道。

萧玉有气无力地回了一句："贱人，你会得报应的。"

一会儿振动声又响起："好好养身体，我叔叔不会亏待你的。"

看了短信，萧玉将手机狠狠摔到地上，啪的一声，手机机壳分离，散落到地上。萧玉大声哭叫着"贱人贱人"，又一次昏过去。古月端起水杯，让她喝了一些水。等她平静一些后，古月把地上摔散架的手机重新组装起来。

"那你打算怎么办？"古月问。

"以后我该怎么活啊？"萧玉又哭起来。

"那我问问王骞吧，问他怎么办才好？"古月说着，拿过自己的手机准备问王骞。

"别，别啊，现在你是我唯一的依靠了，古月！"萧玉绝望而悲戚的声音让古月的泪一股股溢出来，两人又抱成一团。

古月打开手机，还是那句："早安，宝贝。吻！"

第二条短信是："萧玉回来了吗？"

她回了一条："回来啦，昨晚她们唱歌喝醉了，加上手机没电，所以没回来。"并将这条短信给萧玉看了，才发过去。

看到短信后的王骞，感到事情有些蹊跷，萧玉是不会出现夜不归宿的情况的。虽说他和徐娜接触不多，但凭着开学的那次接触和平时对她的了解，觉得她一定是一个不怎样的人。

他收拾好后，就打电话给古月。古月撒谎说，她还想睡一会儿，早饭就不吃了，他听见电话那头传来萧玉的哭声，一种不祥的预感在他脑海里闪过，一阵剧痛也不由得在心中升起，顿时饥饿的感觉全无。他喝了一杯牛奶，拿了几本书、一个苹果，背好书包，朝图书馆走去。并给古月发了一条短信，告诉她，他去图书馆了。

古月让萧玉躺着休息一会儿。她去水房打了一桶热水，提回来，拉上窗帘，将门反锁上，叫醒闭着眼的萧玉，让她洗一个澡。

她拾起萧玉摔坏的手机，打开。又是徐娜发来的短信："警告你别去报警，免得到时候香消玉殒，你就别责怪自己了。"

"让我先洗个澡，我想静一静。"萧玉说。

"那我去给你买早餐，你先洗澡吧！"古月说。接着她粗略打扮一番，出去买早餐了。

古月出去后，萧玉重新将门反锁上。身心的一阵阵疼痛巨浪般袭击着她。她感觉自己像陷入地狱一般，全身是罪恶，她恨不得将身上衣服马上烧掉，洗一次干干净净、彻彻底底的澡，得到灵魂的涅槃。

那一刻，她萌生了千万个想死的念头。洁白的肌肤上显出几处瘀伤，像一块玉上的斑点。死的念头萦绕在心里，但怎么才能死去呢？跳楼吗？不行，全身赤裸，跳下去后仍会被指指点点。割腕吗？寝室没有一把刀……一千种死法掠过脑海。

恐惧舔舐着她的灵魂。她瘫软地坐在椅子上，闭上眼睛，思绪万千。这时，两双苍老而满怀希望的眼睛映入脑海，那是她离开家的时候，父母期盼的眼神，就像挂在墙角，黑夜中的一盏明灯，给予她生命内在的动力。

"你一定要好好学习，照顾好自己，经常给家里打个电话，我和你爸都好。你也不小了，还是找个男朋友照顾你吧。"这是刚刚离开家的时候母亲在家门口的叮嘱。

　　自从到学校后，她一直没有向家里要过钱，在国庆的时候，还邮寄了一大包枣子给母亲呢？想着这些，死的念头打消了。

　　反正都到这一步了，要死，也要他们得到应有的报应再说。她打算暂时不洗去身上的痕迹，作为证据。她换了一条内裤，重新穿上昨天的衣服。有了这个想法，她似乎体力增加了不少。她在等待古月回来。

　　古月回来，看见还是满满的一桶水。

　　"你还没洗澡吗？"古月问。

　　"没有，我要把这一切作为证据，一定要让他们尝到作恶的后果。我要去报警！"萧玉斩钉截铁地说。

　　"想好了！"

　　"嗯！"

　　"我陪你去。"

　　"叫上王羲吧，到这个地步了，到时候他还是会知道的。"

　　古月显得无比的宽容，拿起手机给王羲打电话，并叫他到僻静的地方接电话。电话那头，王羲听后满是愤怒，古月不停叫他冷静下来，一定要理智处理这件事情，并说了萧玉的想法。从早上猜测到一些开始，阵阵的剧痛就一直围绕在他内心。

　　曾经爱的人，那样纯洁的灵魂，就这样被玷污了，痛苦在撕裂着他的心。一听到古月告诉他真相，头一晕，心中一股热流冲上来，从口里流出，鲜红的血，有些腥味。

　　他冷静地想了片刻，回自习室将东西收拾好。出了图书馆，打电话给古月，凭他过去的工作经验，他让古月转告萧玉，暂时什么东西也不要吃，一会儿可能要测体内的酒精浓度，以作为当晚究竟喝没喝酒的证据，并让她们到自己的寝室商量对策。

# 十一

优于别人，并不高贵，真正的高贵应该是优于过去的自己。

——（美）海明威

痛！痛！痛！理智！理智！理智！

寒风吹在脸上，刺骨的疼。头一天看天气预报说，当天气温将下降到零下三十一度，这是近 30 年来 W 城最冷的一天。

这也是王羲出生以来经历的最冷的一天。或许，命中很多际遇，冥冥中早已注定。他没有戴手套，任冷风像刀一样吹割着双手。

他回到寝室楼下，等了五分钟左右，就看到古月挽着萧玉的胳膊，正向他的寝室楼走来。

古月戴着一顶深红的帽子，在雪天显得格外显眼，穿一件粉红色的羽绒服、一条深蓝色牛仔裤，脚上一双黑色雪地靴。她身边的萧玉没有戴帽子，头发被寒风撩起，面色苍白，无表情的脸上黑眼圈很突出，头上的几点白雪和红肿的眼睛将她身心的憔悴显露得清楚无比。

走近了，王羲很想将萧玉拥入怀里，这或许是萧玉最大的精神支柱。看着身边的古月，他只轻轻地说：“什么也别说，到我寝室再说吧。”

坐上电梯，直达九楼。

或许从那个男人跪在自己身边求饶的时候开始；或许在更早的时候，当他说自己的女儿也是这样的年龄，不希望她受到伤害的时候；或许在还未对那个人失去信任感之前，其优雅的谈吐，丰富的物质给人以足够的安全感的时候，一种不确定的情感在她心中就产生了——那就是爱。

　　萧玉努力不让自己承认这种情感，那种只有女人才有的一生也只有一次的剧痛分明是那么清晰，这样的剧痛付出的代价是女人对生命终身依靠的渴望。

　　事情毕竟已经发生了，万一有了孩子，对方还有能力抚养，在他拿出那一张卡和告诉萧玉密码的那一刻，应该是真心的。依靠感和依赖感在心里无数次掠过。假如报了警，万一怀上，该怎么办呢？

　　爱，有时真的说不清，有时一味地付出也是一种幸福，一味地付出会满足自己心中隐藏着的欲望。一味地付出不是无私，而是渴望得到更多，当这样的付出是一种相对的捷径的时候，当对方有足够的能力征服她们的时候，她们天生的被征服感就消融在对男人的爱情中，或许每一个女人都有这样情感。她们需要的自由是以安全感为前提的，假如没有安全感，她们是不会付出爱情的，她们看重的是感觉，而不是理智；当感觉失效，在女人那里，爱情也就不存在了。

　　一个男人对爱情的心态，是天生的征服欲。那种征服欲中，最核心的不是女人，而是创造出足以给女人安全感的元素。

　　在爱情的王国，每一个人都是国王，她（他）管理着自己爱的疆土不受侵略。如果受到侵略，那么痛苦就产生了。为了在爱情的面前体现公平，才会要求爱情的双方要忠贞、理性、克制、忍受、坚持，这样才能给爱情的双方予以公平。

　　萧玉被这样的情感环绕着，她不想去想，却不可能避免。她越不去想，这样的想法越来得凶猛，来得激烈。可是走到这一步，马上就要去公安局了。去吧，那一丝自己都不敢承认的爱就彻底破灭了，而新的痛苦也会产生，不去吧，肯定会被人嘲笑的，嘲笑她是一个弱者。在古月和王骜的心中，虽说他们理解自己的痛苦，他们会同情。人与人之间，除了骨肉亲情，强者在弱者的面前，很难说无私到没有优越感。

眼看着一步步掉进徐娜一伙设计的圈套，无力感慢慢攫住自己的内心。萧玉挣扎着，她说服自己必须自救。她想到，大不了把这一次的经历当作恋爱，一场失败的恋爱。以后去一个陌生的城市，寻找新的爱情，就当自己恋爱过一次。

她记起曾经读到过的一句诗：我的母亲只有一次怀妊之痛，我却有过无数次的重生。

一切都可以重新开始，在新的开始中重生。带着这样的想法，她们来到了王鼐的寝室。

人活着，有时候就是为了活一口气。到王鼐寝室，黄军不在，关好门，王鼐直截了当地问事情的起因，途中发生过的一些事情，到了那个程度，已经没有可以回避的了。

在萧玉心里，还保存着对王鼐的一份愧疚。既然把他当作此刻在世界上的唯一的依靠，痛苦的坦白也是一种对怜悯之爱的渴望，一种弱者求得自我保护的办法。

王鼐听到萧玉的遭遇，内心产生千万个奔赴疆场的冲动。他想拿起桌子上的水果刀，将周华熙和徐娜手起头落。此时，他不能让古月感到绝望，也不能让萧玉感到无助。

他头上青筋鼓胀，连续到洗漱间用冷水冲脸，压制着自己。

尊严让萧玉选择了报警。

王鼐凭着以前的工作经验，将思绪清理好。已经十一点半了，但对于 W 城来说，不算迟。

这时萧玉的手机响起，是徐娜打过来的。虽然现在种种迹象已经表明，徐娜和周华熙是情人关系。昨晚事实很明了，她一早对萧玉的威胁是出于侥幸和无奈的心理，其实内心无比的恐惧——害怕事情败露。那是她的弱点所在，那么就打击她的最弱点。如果能让她说出头晚的预谋，那就是最好的证据。

王鼐想了一个办法：尽力激怒对方，让她在激怒中说出真相，自己将事情暴露。他让大家安静，将通话录好音。同时，也要让他们知道，暂时还不去报警，稳住他们。

他们没接徐娜第一次打来的电话，过了两分钟电话又响起。

"什么事？"萧玉一开始就语带怒气。

"师妹，我是为你好，懂吗？"手机开的免提，将徐娜的话听得一清二楚，王翥和古月的手机都在录音，

"快说，什么事？"萧玉此时真不是在演戏。

"早上我给你的建议怎么样？"

"什么建议？"

"做我叔叔的情人啊！"

"那不是你叔叔吧！是不是和你有别的瓜葛，你不是已经有情人了吗？"

"你看他的长相、气质、有车、有十多套房，有上亿的资产，为什么不好好去爱他呢？好多女人梦寐以求还没有这样的机会呢，你说是不是？"

"实话告诉你吧，昨晚那个男的已经告诉我你和周华熙的关系了，想不到吧！"两个女人在电话中争吵着，萧玉差点把最关键的事情忘了，王翥在旁边悄悄递过一张纸条，告诉她该说什么。

"什么，郭强已经告诉你了，不可能！"徐娜的声音明显加大，而且说出了对方的姓名。萧玉一直处于痛苦中，到那一刻她才知道那个男人的名字。徐娜的声音中带着无比的恐慌。

"妈的，居然出卖老子。"是周华熙的声音。

"一会儿你打电话问他吧，你本来就是周华熙的情人，昨晚你俩狗男女就在一起，还不承认吗？贱人！"萧玉的声音很大，有些歇斯底里，"你还要掩饰到什么时候，你会遭报应的。"萧玉继续骂着。

"是他告诉你的吧，是又怎么样？"

"周华熙就在你身边吧？叫他别装了，出来说句话，刚才我都听到他声音了。"这个大大的威胁，让一直处于幕后的周华熙

终于出来了。

"萧玉，你好，昨晚的事情，是大家没有预料到的。我和徐娜关系清白，请你必须明白这一点，也不要乱说，否则我将告你诽谤罪。"周华熙真是一只老狐狸，话说得滴水不漏。

"你们关系可真好，好到晚上也抱到一块儿睡觉了，昨晚那个男的已经告诉我了。"萧玉听见这样的话，没有马上哭出来，眼角浮现出一些冷笑，用蔑视的口吻说。

"你……你……你想怎么样？我们好好谈谈，约个时间和地点吧，我们一起谈谈好吗？"周华熙的语气开始软下来。

"你作为一个男人也不怕别人笑话，既然敢做，害怕承担，算什么男人。"萧玉话语中带着愤怒。

"是又怎么样，我们两人就是相爱，咋啦！你想怎么样，你把这个事情说出去你也没有什么好下场的。不信，大家走着瞧。"电话那头徐娜抢过手机说道。

"你终于承认啦！好啦，再见！"萧玉挂断电话。

挂断电话，他们打开录音听了一遍，能听得一清二楚。还没有走出寝室，徐娜和周华熙就打来好几个电话，也发了短信，有威胁的，有求饶的，他们一个电话也没有接，一条短信也没有回。

王矗叫萧玉干脆关机。

到公安局后，先备好案，并将萧玉手中的证据也交了上去。当公安局的人听说王矗在一家大型的媒体机构做过记者的时候，便不敢有所怠慢，做起事来都很认真。马上展开工作，开始正常的程序，锁定徐娜、郭强、周华熙三人，防止他们逃跑。

他们三人回来后，煎熬地等待结果。

公安局当天就派人到学校和当晚事发宾馆取回视频作为证据，并将三人抓了起来。

没有不透风的墙，事发的第二天是周末，第三天周华熙就没出现在校园。萧玉整天躲在寝室，让古月帮她买回生活的必需品、到图书馆借书、打好一日三餐送回来。古月尽力给萧玉一个安稳的疗伤环境，小心翼翼地照顾着她，生怕触痛萧玉那沉重的伤疤。

研究生的期末，除了公共课考试以外，就是写论文。萧玉在寝室将所有的作业忙完，有时公安局会传话让她、古月、王蓁三人过去提供案件必要的补充证据。

# 十二

梧桐叶上三更雨，叶叶声声是别离。

——（南宋）周紫芝

元旦节过后，眼看放假在即，英语和政治两门公共课考试在一月七日考完后，这学期就结束了。

古月和王蓁两人在犹豫，放假该怎么办。古月和王蓁一起回古月或王蓁的家，对另一边的父母来说都是失去，离别半年了，哪有父母不想自己的孩子的。

日子在一天天地临近。

最后，为了公平起见，两人商定，各回各的家，等第二年暑期的时候再一起分别去看望对方的父母。

分别时间很短，一个月左右，对他们这样的恋人来说，却度日如年。

萧玉的案件要等过年以后才能开庭审理了。古月考虑到她一个人待在学校，一定会很难受，劝她一起回家，虽然两人不在同一个县城，但在同一个省，还可以一起坐车到省会，再分开。两个女生在路上还有一个伴，明年还可以一起回校。

如果萧玉在家人身边，有父母的关爱会更好。萧玉答应了，两人买了一月十日的票，并一起买了二月二十日的返程票。

　　黄军和他的女友的家本来就在一个县城，一考完试，两人第二天就坐汽车回去了。

　　王翥本来打算早点走，他导师叫他留下来帮点忙，而且留下来也可以送古月。他买了一月二十一日的票，打算回G省再订返程票。

　　虽然晴空万里，阳光普照，却没有一丝的温度，四处都是雪，除了平时去的食堂、图书馆，买生活必需品外，没有人愿意跑出去。黄军走后，寝室只剩下王翥一个人，加上楼里的人一天比一天少，致命的熟悉的斗地主的声音也不见了，在寝室也能安静地看书。王翥每一天都过着寝室——古月的楼下——食堂——古月楼下——寝室这样的点线上有规律和有节奏的生活。有时，他也将古月带回自己的寝室，两人一起看电影、听音乐。

　　古月离校那天早晨，王翥七点半就起床穿好衣服，天还未亮，他给古月打电话，得知古月和萧玉也起床后，当天最低温度零下二十四度，他反复叮嘱她们外面很冷，并答应马上到她们楼下帮忙送行李。挂断电话，他就直奔她们宿舍楼下。

　　在朦胧的天色中，寒暄几句后，王翥接过古月递来的皮箱，并主动帮萧玉提了一个包，三人就直奔公交车站。

　　天色逐渐亮起来，尽管很早，但车上已经满满的，好不容易挤上车。王翥放好行李，拉住上面的横杆，让古月抱住他的腰，两人正好面向着面站着。

　　王翥本想和古月好好说说话，车上很吵闹，大声说话也听得不是很清楚，王翥只好吃力地抓住横杆，静静地站着。

　　一个高个子，把他们挤到靠窗子的位置，本来王翥和古月是脸对脸的，但高个子的肘刚好在王翥前额的位置，他不得不转向，将头换一个方向，没想到刚好面对着萧玉。

　　从出发到现在，王翥还没正视过萧玉一次，一是因为太匆忙，二是恋爱间微妙的感觉，女人会敏感察觉。

萧玉戴着一副墨镜，遮住了眼睛和一小部分脸，但从脸颊看得出来，近一个月来，萧玉瘦了很多，颧骨都显出来了，甚至看得见青筋，两人对望了好几秒，然后不约而同转向别的方向。

彼此都看出了曾经的爱与怨恨，看出了无奈和痛苦。

尽管王嚣心里明白，现在他爱古月，但不能否认，内心中始终有一个空间是属于萧玉的，尽管这个空间很小，但不断凝结在一起，像一块晶莹剔透的金刚石，锋利而透明，在爱的平面上，闪闪发光。

这是一个月来王嚣第一次正视这张脸，在校期间，他几乎每一天都努力将自己陷溺在和古月的生活中，将自己彻底撕裂，不去想萧玉，可心中却无数次掠过萧玉的影子。

他不想让古月伤心，尤其是不想让她无辜受到折磨。

那种撕裂般的痛，萧玉从王嚣的眼里读出来了，从古月过生日那天开始，王嚣就不敢正视萧玉，他深深明白，两个撕裂的灵魂像孤魂野鬼，永远找不到归属。在古月过生日那天，好几次王嚣的泪在眼眶里打转，他借口说喝酒喝多了，由于大家是第一次碰在一起吃饭，除了萧玉以外，没人怀疑他说的假话。他假装镇静地坐到古月旁边，借机帮古月喝酒，消灭心中的怒火和忧愁。

在那一瞬间，他发现萧玉在他心里还有一个位置，是的，从复试那天见面开始，他就发现，这两个北方的女孩，有太多不同常人的地方，有时他也不知道自己究竟爱上了哪一个，萧玉开朗，古月沉静，两人身上散发出不同的气质。他在心中多次问过自己，却没有答案。

古月是无辜的，他体味过遭受背叛后的感受，他不能将这样的感受带给古月。在和古月相处的日子里，他总是小心翼翼，为了爱得彻底，在光棍节那天，他才告诉古月真相。

越是这样，他发现那种痛来得越彻底。

作为女人，古月和王翥相处以来，尤其在王翥和萧玉说话的时候，那种眼神，古月敏感察觉出了异常，王翥也发现她这种感受，所以他才坦白，也是为了给古月和萧玉一个交代，没想到的是给了古月致命的伤害。在心里，王翥明白，那时，至少他是出于真心爱古月，他才那样做的。

不管怎么样，总算过去了。他低下头望了一眼将头埋在他的胸口上打盹的古月，心疼地用手拍拍她的头，将嘴贴在她的左边耳朵，轻声说："古月，我爱你。"古月将他抱得更紧。

一下公交车，外面刺骨的寒风刮着脸，王翥将行李拎下车，用手捂了捂古月的围巾，问她冷不冷。古月戴着口罩，不想取下来，点了点头，算是答复。然后，他们拉着行李朝进站口走去，在人山人海的农民工浪潮中，这两个穿着稍微时尚的女人特别显眼。

"幸好买上了票，前一年一个文字学的师兄，排了一夜的队，才买到一张从 W 城到 Z 城的站票。假如不是学生，根本无法买到票。"在等待检票的时候，古月摘下口罩对王翥说道。

"还是我们运气好。"王翥回答说。天冷，吐出的唾液还未掉到地上就结成了冰。大家都不想让冷风灌进嘴里生病，尽量戴上口罩不说话。

天实在太冷，本来想和古月多说说话，他也不愿古月冻着，只好把她们送到检票口，催促她们赶紧进站去。

望着古月通过检票口后一次又一次回望留恋的眼神，望着萧玉憔悴的背影，自责、自嘲、爱、惆怅的心绪在心底升起。

直到她们淹没在人潮中，见不到影子，王翥才坐上回校的公交。

王翥下了车，走进空荡荡的宿舍楼，打开寝室门，一股热浪袭来，关上门，手机响起短信的振动，是古月发来的："好想你，外面的雪花好漂亮，好想和你一起坐着火车去旅行。"

他回了短信："等来年天暖了以后，我陪你去旅游，好不好？车上照顾好自己，保管好自己的钱物，到了以后给我打个电话。"

发完短信，他脱掉外衣和外裤，打开电脑，准备写还没完成的作业。

# 第四章

## 一

露从今夜白，月是故乡明。

——（唐）杜甫

古月走后，由于天冷，除了被导师叫去给做点事外，王矗几乎每天都待在寝室，没有黄军一回到寝室就打网游和唱歌的声音，到卫生间去的时候，也不再烟雾缭绕，他把寝室打扫得干干净净。他把被单铺到地上，打起地铺，火热的地暖常常在夜里将他热得满头大汗。他发短信告诉古月，他在寝室过的是夏天，外面过的是冬天。

十几天的时间很快熬过去了，除了看了两三本书、写了几篇日志外，什么也没做成。他导师叫他去做的，无非是填一些无聊的表格、送送资料，都与学习无关，完全是导师自己工作上的事情。每次王矗从他办公室出来，心里都嘀咕一阵，鸡毛蒜皮的小事，早知道就不留下来了。

一天，他一个人在寝室，看着课表，心里默默算着这一学期各个老师所上的课，老师给他们讲授的知识，然后，走到窗边，看着白雪覆盖的校园，想着和萧玉的感情纠葛，想着对古月的爱，想着和黄军去校门口饭店签单的事情，想着帮导师送钱订餐——那是在国庆的时候，他导师叫他去办公室帮送钱，一个口袋里装了 8 万。后来王纛才知道，那天刚好来自京都某某高校的对口资源的领导们过来支援，导师要带他们去草原骑马和去戈壁看胡杨。8 万块钱，一天就花光了，还不算当晚王纛去一家五星级宾馆订的一桌上万的菜，几瓶茅台，加上也有两三万。

假如要为这一切找到一条线索的话，那就是"吃"。

是的，一切都因为吃，才吃出种种的事情来，认识徐娜，是因为吃；被萧玉伤害是在古月生日宴上，还是因为吃；和古月谈恋爱，还是因为请她吃饭；和古月闹别扭，还是因为吃……

这学期就这样过去了……

他真不知道自己是否在读研。不知是在吃大学里的青春，还是大学将他的青春吃掉。我们的青春啊，都是在餐桌上度过的，他发出一声冷笑……

回家的那天，他简单收拾一下，带上两套衣服，就上了火车。幸好坐的是第二节车厢，里面几乎都是军人、学生。年轻人待在一起，给拥挤、颠簸的行程增添了不少的乐趣。加上王纛的旁边刚好坐的是他导师的一位本科学生，而且还是一位长得还过得去的女生。

本来以为是一场艳遇，可是对方告诉他，下车后，她的男朋友就到车站接她，让王纛打消掉艳遇的念头。

睡了两天，发现火车已经在 G 省内界，透过朦胧的天色，王纛能略微看见窗外那些细细的青草，没有洗脸漱口的他，一阵惊喜，他的灵魂在感悟着自然的生命。他摇醒身边的学妹："看绿色的小草，到 G 省了。"

真是天府之国，冬天 G 省都是绿色的。火车还在像一条奔腾着的龙，沿着山谷蜿蜒着，发出一声声巨响，将宁静的山谷叫醒，偶尔一声鸟叫传来，王蠢坐车的疲倦慢慢舒展开来。

眼前熟悉的建筑，车窗外站台上推着车叫卖的熟悉的乡音，让离开家乡不到半年的王蠢产生了一种离别家乡多年的错觉。

他先是到 G 省省会某高校待了两天，和一个在那里读研究生的大学同学见了一面，和他们一起聊了聊半年来的生活和读书情况，相互鼓励将来一起做事情，他就回家了。

从省会坐了六个小时汽车到他家所在的县城，到县城转车，再坐两个小时，才能到家。父母都变老了，看着脊背被生活压成弓一样的父亲，才半年，瘦了好多。想着父母已年近半百，自己都二十好几的人了，一事无成，王蠢心底疼痛不已。

在农村，考上研不是一件容易的事情，至少找一个能糊口的工作不成问题，而且他也是村里的第一个研究生。

考上研这件事，的确给父母长脸不少。在回去的那天晚上，父亲喝了一点酒，脸上洋溢着朴实的、喜气洋洋的神情。他问王蠢："你毕业工作以后，能不能做到县长？"王蠢一阵心酸。在村里，他姐是第一个大学生，他是第一个研究生，乡亲们都认为，他将来一定做大官，隔壁县的一个研究生从人民大学毕业后，直接做了他们县税务局副局长，父亲以为他的儿子将来一定也能如此，慢慢地做到县长。

或许，从记事起，记忆中父亲的背就没有伸直过。父亲从一个城市辗转到另一个城市，从一个工地到另一个工地，最后做着一点养家糊口的小本生意，本来一米七的男儿，从青年走到中年，挺直的背弯了几十年，再也打不直了。

生活啊，生存啊，你扭曲了人的模样。

每当看着那张"弓"，心里就隐隐作痛。一种责任和义务，一种使命让他不断去奋斗，不断怀着希望活下去。

能不能做县长呢？王蠢心里明白，别说是做县长，毕业以后就做一个镇长也不可能。人总得要有一个养活自己的职业，教书，可以，可一个月还不能买半平方米房的工资，以后怎么养家糊口；做记者，已经疲倦了，忍受着巨大的疼痛，真正想报道的内容不能报道，而报道出来的总是那些八股文，做什么呢？有时候，他也很迷惘。

面对父亲的质问，他自己也没谱，只是淡淡地说自己不想做官。这时，父亲有点失望地接一句："现代社会，有权了什么都有了，你还是好好想想嘛，反正你年龄也不小了。"

说完，父亲喝一口老白干，怏怏地走开了。

王矗心如刀绞，是的，从小到大，几乎所有的选择都是在父亲的命令下完成的。

记得小学一年级的时候，父亲要求他每学期必须考到前三名，落后一名跪一个小时。从一年级开始，直到小学毕业，他一直都在前三名，没有让父亲失望过。记得有一学期，王矗将书包弄掉了以后，依然考了班上第一，让父亲在亲戚的面前挣足了面子。上初中以后，他依然以不错的成绩坚持到初三。

那时，家里太穷，家乡的一亩三分地不能挣太多的钱，父亲只好弓着背远到省会打工。从那时开始，远离父亲的管教，加上青春期荷尔蒙的分泌增多，他喜欢上了比他高一年级的女孩，那个女孩早他一年毕业，考到县城去了，为了考上县城的学校，他拼命地学习，一度考到全校第一。当得知那个女孩有了男朋友之后，他的成绩开始下滑，打牌、抽烟，依靠厚实的基础，他还是考上县里面最好的高中。在高中生涯中，他一直浑浑噩噩，不知道自己该做什么，每一次接到远隔千里的父亲打来的电话，听着那严厉的呵斥，他只能忍耐着，连声应着从电话那头传来的父亲的叮嘱。在青春的迷惘里，度过高中三年，最后连一个专科学校也没有考上。

经过复读，他考上一个普通的二本学校。面对学校，对比着自己希冀的未来，很失落，默默地思念那位曾经的女孩，将她一直放在心底，没有表白过，突然间清醒过来，男人想要得到爱和被爱，就得为自己的事业而努力。

进了大学，在一次大醉之后，他开始新的生活，开始新的自我拯救。打工、学习、看书，每一天坚持跑步，这样一直到大学毕业。

曾经爱过的人，早已嫁为人妇。

一次次的失败，让他知道除了学习考试以外，学生生涯中还有其他更多的精彩值得拥有。

父亲那种一直要他考公务员做官的渴望像一只无法逃避的眼睛。

每天家里都在下雨，天阴沉得像父亲失望的脸，王翥将手机关机，完全进入一种闭关状态。每一天早上起来读读书，白天做做家务，看看电视，晚上再看看闲书，这样一天天时光就被打发过去。大年以后，他向父母许诺承担家里所有的家务，父母亲难得的几天清闲，两人一起去街上打麻将。

这么多年，他们几乎是一直吵过来的。在记忆中，从小到大，他们两人在一起，每一天总是要斗斗嘴，一晃就吵了二十多年。以前争吵更多是因贫穷，尽管现在家里不算富裕，但总没有以前那么困难，他和他姐，总算快走出农村了。

或许，他们吵累了，该静一静了。现在看着他们能一起开心地去打麻将，他感受着奋斗带来的幸福。

一晃又到了离别的日子，或许人大了，离别的次数多了，也没有了小时候离别的沉重，不用哭鼻子，不用拥抱。在离别的前一天，母亲将他要带的特产装好，有几件掉线的衣服，也给他缝好，母亲边补边说："妈老了，看不见针了，得要儿媳妇接替这个活了，是不是儿子。"

王翥笑一笑，没有多说话。看着母亲坐在椅子上，安详缝补的样子，身子比以前瘦小，动作也比以前慢多了。她用右手拇指和食指捏着线，左手拿起针，眼睛死死盯着针孔，眼泪都胀出来了，用了好几分钟，也没将线头穿进针孔去。那一刻，他不想打破那一种宁静，但他默默地看着，那种时间和沉静属于母爱，是一种享受。或许，母亲真的老了，他默默告诉自己。

眼泪在眼眶里打了好几个转，借口说找东西，跑到房间擦泪，擦干了又出来。母亲还在那里缝补，安详的状态没有变化。其实在母亲那里，儿子的一举一动总也逃不过母亲的眼睛。

"幺儿，过年给老母亲带个儿媳妇回来。"母亲又开起王矗的玩笑。王矗告诉过家里的人，他和古月在谈恋爱。放假回来以后，他每一天都用母亲的手机给古月打电话、发短信。除此之外，在二十多天里，他没有联系过任何一个人。

生活原来也可以这么简单。

他走的那天早晨，父母亲都起得很早，下着雨，王矗不要他们送，他的父母亲非得冒着雨把他送到家门口等车。本来有很多话到口边，但总说不出口，现在一事无成，能说什么呢？拿什么安慰他们呢？上车后，对着还站在那里的父母亲说了一句："爸妈，我走了，你们回去吧。"这种简单的告别，让王矗无比的难受。

走了很远，他透过车窗，看见父母亲还站在家门口望着车。那样的眼神，无论走到哪里，都一直在头顶凝望着自己。

王矗到省会后，买到去 W 城的票是五天后的了。他不得不在省会待几天。他分别与几个高中和大学同学联系，聚了一聚，又坐上拥挤不堪的火车。

在车上，下脚的地方也没有。他的座位在车厢中间的位置，火车开动了一个多小时后，才挤到自己的位置。幸好自己的行李简单，就几件换洗衣服和几包小小的家乡特产，可以放到座位下，否则根本找不到可放的地方。

他观察了一下，整节车厢里几乎都是从 G 省去 J 省打工的农民工，在和他们的聊天中，知道他们都是到 J 省种地的。

火车超载的情况让他惊讶，他坐下后，数了一下，本来坐10 个人的位置，坐了 16 个人，加上 16 个站着的，总共 32 个人。那些站着的乘客，要么趁机挤着座位短暂坐一坐，或者买一个 10 元的小板凳坐在过道上，一到吃饭或者拉着小车卖东西的人过来，他们就得拖起疲倦不堪的身体，站起来，挤到座位两边的空隙里。

那些站着的农民工，刚上车时还有一些兴奋，和同伴们高声地谈论，吹牛聊天。慢慢地，由于没有休息好带来的疲倦让他们失去谈话的兴致和力气，加上洗漱不方便，几乎每个人的脸上都像涂抹了一层油，黝黑黝黑的，脸颊凹下去。他们无论站着，还是坐着，脸上表情麻木不带一丝的情感，只有两只转动的眼珠告诉人们他们还活着。

列车员说，由于火车提速，绿皮车本来早就该淘汰掉，时值春运，学生潮和农民工潮碰在一起，大量的农民工外出，特意为他们加载了一趟。

王羲在内心里自嘲，算自己幸运，居然坐到加开的绿皮车。

一路上，下的人少，上的人多。整个车厢几乎都成了人墙。

在车上，谈不上睡觉，也谈不上洗脸，连上厕所都要花近半个小时才能挤到厕所门口，再排队等上半个小时，才能解决。

这让他意识到那才是真正的基层群众的生活。在这个时候，我们的农民工朋友们是一直在保持艰苦战斗作风的。

很多人在车上根本没法移到吸烟处吸烟，连火车上车厢连接处的空隙里都坐满了人，他们就在原地点上一支烟吸起来，本来王羲就对烟过敏，一想到，他的父母曾经为了给他挣学费，不知道坐过多少次这样的火车，他就强忍着咳嗽，坐在那里。

王羲旁边的一家三口本来只有一个座位，为了照顾孩子，两个大人交换着坐，一个坐座位的时候，另一个就躺到座位下睡觉。他们的孩子是个男孩，只有四岁左右，尽管很听话，但再听话的孩子，天性上总是开朗调皮的。有好吃的，都要让对方分一点。小孩子还爱从一个人的怀里跳到另一个人的怀里，只有他睡着的时候，大家才得一点安宁。

每次都是等孩子睡着后，王纛赶紧眯一会儿。尽管是冬天，但火车的窗子打不开，挤在车厢里面的人多，如蒸笼般，衣服常常湿透。随着离 G 省越远，汗臭味、臭袜子味、烟味，还有方便面的味、垃圾味……简直跟地狱差不多。

王纛想说的是，他还算幸运，这一切都让他见证了，这样的镜头是不会轻易出现在新闻上的。

经过两天的煎熬，终于到达 W 城，时间刚好是下午五点十七分。一下车，将袖子放在鼻下闻了闻，连他自己都快吐出来了，深深地吸一口刺骨冰冷的空气。幸好风大，从下车到出站口的一段路程，身上的臭味吹掉不少。外面的雪比走的时候还要厚，人们将自己裹得严严实实的，行色匆匆。

## 二

只愿君心似我心，定不负相思意。

——（北宋）李之仪

王纛出了车站，直接坐上开往学校方向的公交。到了宿舍楼下，碰见几位同院的学友去开班会，打过招呼，并让他们帮自己请了一个假。他便走进宿舍楼，一股暖暖的热气袭来，钻进电梯上楼，短短几分钟，暖气就将他热出了汗，打开宿舍门，黄军已经去开班会了。放下行李，打开衣柜，拿出衣服冲进浴室，滚烫的热水仿佛洗去了整个假期的寂寥。

本来古月先到的学校，说要到车站接他的，王纛考虑到天冷，没让她去。王纛洗完澡，给古月打了一个电话，告诉她到了。并约定等他收拾好自己的行李，然后到她楼下接她，一起去外面吃饭。

冷风刺骨，路两边的花坛上雪高高堆起，有一人多高。王纛带上母亲为古月准备的特产，来到古月的楼下，她还没有下来。像往常一样，他给她打电话，古月还在寝室收拾，等了十多分钟，才看见古月从宿舍楼出来，没有什么变化，穿着以前的羽绒服，稍显得憔悴一些。一出楼，王纛握着她暖暖的手，轻轻地吻了一下。

"这么多人，还是文明一点好。"古月边将王纛推开边说。

"开学的第一天，就开始上岗做门卫。"王纛接着开玩笑说。

"讨厌。"古月撒着娇，"人家还不是为了打扮得漂亮一点嘛！"她拉起王纛的手，用那不太整齐的牙齿狠狠咬了一口，直到王纛叫疼，她才放开。

"回去买新衣服啦？"古月看见王纛身上穿着的一件黑色的呢子大衣，问。

"姐买的。以前我读书的时候，很少自己买衣服，都是大姐代劳。回去以后，她说半年没见我了，给我买了一件衣服。我不是在短信里跟你说过吗？"

"忘了。"

"这是我老娘为未来儿媳妇准备的豆腐干，快拿回寝室。"

"谢谢！"说完，古月将豆腐干拿到寝室后又下来。

"亲爱的，吃啥？我饿得不行了，还没吃午饭呢。"见古月下来，王纛问。

"那你咋不吃呢？本来就这么瘦，还不注意身体。你也瘦，我也瘦，今后我们的孩子更瘦。"

"我瘦是瘦，但有肌肉，你看学校哪个跑得有我多？我既能吃，也能折腾。你嘛，是真的瘦，该多吃点。"

"去吃川菜，怎么样?"王翯问。

"不想吃，那里的菜都吃遍了。"古月有点不情愿。

"那吃大盘鸡?"

"大盘鸡太油腻。"

"肯德基?"

"肯德基的鸡最近不是出了问题了吗，还吃?"

"那去吃东北酸菜鱼，好不好?"王翯将附近几个饭馆都想了一遍，实在没有什么特别，想到她胃口不好，又讨厌吃油腻的，也许清淡的酸鱼汤更合她的胃口。

"好。"接着蹦蹦跳跳地拉起王翯的手就去吃饭了。

吃过饭，走出餐馆，天早已黑了。有些疲倦，王翯打算回校。

"人家一个月没见你，也不陪陪人家嘛?"古月有点委屈地说。

"那我们去衣服店看看好不好?"看着古月身上的穿着，估计过年回家没添新衣服。

这一年来古月家里过得很紧巴，王翯看着她过年没买新衣服，心里酸酸的，他打算给她买一件羽绒服。

他们去校门口那家户外运动装备店，以前王翯经常拉着古月的手在那里逛，老板也认识他们。古月心疼王翯的钱，坚决不干。

对于他们未来的生活，古月私下想过，昂贵的房价可能是他们未来生活的拦路虎。

王翯告诉过她，两人都是研究生毕业，找个好工作，为将来两个人的幸福打拼，让她要有信心。其实读研究生以来，王翯都是靠以前工作的积蓄和平时打工挣的钱来维持自己的生活。

一进去古月就看好一件衣服，那还是在过年前，有一次古月和王翯吃过饭后，经过那里就看好的，当时价格500多元，打折下来也要 400 多元，那段时间王翥经济紧张，很遗憾没给她买。这一次那件衣服还在，而且价格也便宜好多。当时古月试过的尺码也有，王翥强行付钱以后，提着衣服追赶已走到门外的古月。这是古月这几年来，穿得最贵的一件衣服。

她在王翥的脸颊上亲了一下，一手提着衣服，一手挽着王翥的胳膊，往学校走。

"亲爱的。"古月温情地小声喊道。

"什么事？"王翥问。

"亲爱的。"声音比上一次温柔。

"嗯。"

"亲爱的……"

"什么事啊？"

"我好想你抱着我睡，萧玉没来，我好怕一个人睡觉。这几天晚上，人家都是开着灯睡到天亮的。"古月终于害羞说出心中的想法。

"那你把衣服拿回去放好我们再出来好不好？"王翥问。

"哎呀，反正萧玉也没有回来嘛，是不是？"古月说。

王翥想了想，当晚黄军也不可能在寝室睡的，就答应了。

两人去宾馆开了一个房间。开门，将房卡插上，两人将门一关，紧紧抱在一起，一个多月的内心寂寞像烈火似的燃烧。

一阵温存过后。古月躺在王翥臂弯里，让王翥给她讲故事，讲他过年时候的趣闻，王翥将过年回去自己参加耍龙灯的事情跟她说了一遍，古月兴奋地说以后一定要让王翥带她回去看看。

两人聊着聊着，又聊到两人将来的问题。

"我回去跟我爸妈说了我们两人的事情。我爸妈反对，他们说我俩毕业后各自都要回去照顾自己的父母。"古月说。

这个问题一下像冷水一样泼在王翥暖暖的心田上。他也知道，他父母都是农民，现在两人才刚刚满五十岁，做点小生意，一年还能挣个三万五万的，可以给他一些资助。

岁月不饶人，他们慢慢变老，没有养老金，将来有个病痛，距家远了，照顾家里不方便。

他渐渐明白，就算他以后在城市安了家，把父母接去一起住，在高楼大厦中，父母一定不会习惯。他们属于农村，他们早已吃惯了自己种的蔬菜和大米，他们有同样层次的邻居可以聊共同的话题，有一批要好的牌友可以在空闲的时候打麻将，这是他们老去后最重要的生活方式。假如没有这一切，他们是过不习惯的。王矗深深明白这一点。

以前也跟古月讨论过像他一样的从农村走出去的男人，家中父母的养老问题。得出的答案就是，他们应该生活在农村，那里是他们寄托灵魂的地方。想着父母前半生的艰难，作为孝顺的孩子，他说过，要尽量在离父母近一点的地方工作，这样才好照顾家庭。

古月所面临的是，作为家中的长女，必须尽早担当起照顾家中父母的责任。担当着儿子的角色，学习上比她的堂哥堂弟堂妹堂姐强，这一点她做到了，在她那一辈，她是学历最高的。

为了照顾家庭，她不能远离父母，只能在父母所在的省份或市区找工作。这一点，她也跟王矗说过。

每当想到毕业时候可能要分手，两人都一阵心痛。爱情来了，谁也挡不住，未来的事情未来再说吧。他俩紧紧抱在一起。

"要不我们还是分手吧！"古月心疼又有些犹豫地说。

"嗯……"王矗含含糊糊地有些伤感地回答她。其实他也很纠结，他能感受出古月对他的爱，每当古月热吻着他的时候，他感觉自己是在梦中。

"只不过我们今晚必须好好待在一起，好好相爱好吗？"古月说。

王矗抱紧古月，柔柔地吻起来。王矗感到几滴滚烫的泪水滴在脸上、脖颈上，慢慢地滑落，在那一刻，很多话，无法诉说。

相拥而眠之后，两人并没有因为昨晚古月提出分手而产生隔阂，两人的感情越发好了。

一觉醒来，在睡眼蒙眬中，两人相视而笑，爱的余味继续发酵，两人沉醉在爱情的甜蜜中。

"我好困，别动，我再睡一会儿。"古月在王矗怀里调整睡姿，头枕着他的右手臂，右手放在胸口上，左手钩住他的脖颈。

王矗望着怀里像只小鸟一样的女人，感觉至上的幸福。两人的手机从昨晚就关机，他们忘记了时间，忘记了身在何处，他们度过了只有爱情的夜。外面依然是一片雪白，未来的事情谁说得清呢？王矗思绪万千，现实像一座山一样在面前矗立着。

他在古月白嫩的脸颊上轻轻一吻。自己也打算睡一觉，反正当天刚好是周末，可以好好休息。

## 三

W 市的春天来得慢，停留时间短，几乎是挤在冬天与夏天的夹缝里，天气忽冷忽热让人手足无措。头一天还穿着白色的衬衣，第二天就得穿上厚厚的冲锋衣。

这一年春天来得迟，到了四月末雪还没化完，干冷的天空辽阔而深邃。

一个礼拜天的后半夜，月亮下去了，天有些漆黑，太阳还没有出来。古月的导师吴丽坐在一间既是客厅又是书房的不足二十平方米的屋子里，矮小的身子披着厚厚的大衣，几乎将她整个身子都包了起来。除了楼下几只野狗还在寻找着食物，偶尔发出一声凄厉的叫声，四处静得如一处洞穴。她为了不影响家人休息，只开着一盏台灯，坐在电脑前修改论文。

　　隔壁的卧室里，她丈夫因口渴，拧亮台灯，起来喝水。书房和卧室挨着，门没有关紧，光射进来。干燥的空气中灰尘是夜游的过客，四处游荡着。

　　"豆豆他妈，你怎么还不睡，明天再整理你的资料不行吗？"她丈夫迷迷糊糊地拖着拖鞋走进书房，拿出杯子，边倒水边说。

　　睡在床上的四岁的儿子豆豆一翻身没有摸到大人熟悉的身子，凄凄哭着叫妈妈。

　　"看，你把孩子吵醒了吧！你能做点啥呢！"吴丽扭过头，用细微的声音抱怨她丈夫。她丈夫端着杯子两步就进了房间，哄着孩子。

　　近来吴丽每晚都熬夜，得了重感冒，嗓子疼得话都说不出，但她还是努力挤出几个字。说完，她赶紧吞吞口水，润一润喉咙。喉咙一痒，又马上咳嗽起来。她越是想努力抑制住，越是难受，不得不咳嗽起来。喉咙疼得如撕裂一般，两行泪从眼中滑落，她抽出两张纸，悄悄擦干，继续埋头整理电脑中的资料。

　　这已经是她第六次评教授职称了。无论如何，这一次一定要评上，她在心中祈祷着。作为文学院唯一的博士后，这本来该众望所归。

　　"妈妈！"孩子继续哭喊着要妈妈。"吴丽，你来哄哄孩子。"孩子的哭喊让她丈夫很不耐烦，他大声地对着书房说。

　　吴丽卸掉身上的大衣，走进房间，伏在床边，用手拍着孩子安抚道："妈妈来了，宝宝，乖！"孩子渐渐又睡着了。

　　她丈夫搂着她的腰，吻着她的脸颊，想要亲热一番，连续熬夜使吴丽累得每夜倒在床上就睡着了，她丈夫熬得有些难受。

　　"你能不能体谅我一下，这么累！哪还有精力，上个月累得连月经也没来，只有一个礼拜就评职称了，你等等不行吗，看你还像个男人？"几句话就将她丈夫的欲望之火扑灭了，他悻悻地躺着。

吴丽听见孩子不再说话，料他安心睡着了，便轻轻拧熄台灯，在台灯逐渐昏暗的间隙里，她看着男人渴望而又失望的眼神，俯下身抱紧他，吻了一下，说："看你急得，我是实在累得很，老公，原谅一下。"起身走出去，拉上门，走进书房坐下。

作为文学院唯一的博士后，她有些灰心了，为了生存，想早点评上教授，多些收入。

不是因她的论文发表数量不够，相反，在文学院，除了张老师以外，她发的核心期刊论文是最多的！

也不是她参与的课题不多，张老师的国家级重大社科课题，她还是其中一个子项目的负责人呢！另外，她自己还负责一个省级课题和一个国家级课题，但为什么就评不上教授呢？她比王翥的导师早出师门，发表的论文多，做的课题也多。因为她不是领导，没有在文学院或者学校做行政工作，仅仅是一个教书匠。

吴丽从农村出来，还有一个在农村生活的哥哥在外打工。大哥有两个正在上大学的孩子，仅仅是昂贵的生活费和学费，就够呛，就别说让他们的父母生活得好一些了。她的老公还在读博，也来自农村。吴丽为了让父母生活得好一些，她把她父母从农村接来了。这样，一家人的开销基本靠她的工资。

他们一家还挤在学校提供的只有 72 平方米的过渡房里面。为了尽快评上职称，增加一些收入，她将心思几乎都放在写论文、做研究上去了。每发表一篇档次稍高的论文，仅版面费，就要 4000 块钱左右，这差不多是她一个月的工资了。为了早一点脱离评职称的苦海，她像打仗一样。

并不是说她不知道走后门，可拿什么去走后门呢？就算能有那么一条道，可是还有竞争对手呢！你能出点小钱，人家就出得起大钱，而且还要拼关系。

她那么一点微薄的工资，能存多少下来，真不好说。幸好她丈夫在外面带课，能补贴一些家用。

她现在唯一能做的就是多发论文。

第一年刚评完，她又开始准备第二年评职称的事务了。

人，一旦陷入某种漩涡，刚开始的时候，你可能会努力反抗，可是你越挣扎，你陷得越深，越无能为力，最后筋疲力尽，彻底融入漩涡，跟着起起伏伏。

吴丽经常说想逃脱体制，在外面做一个个体户，收入也比做大学老师工资高，但有时候她又搁不下情面，放不下那么一点自尊，加上年逾四十，每一步都要走稳，肩上的担子沉甸甸的，一旦摔倒，自己不受伤，担子里面的东西还会摔坏呢！

人啊，总不是活给自己的。

吴丽刚刚坐下不久，孩子又凄凄楚楚哭着喊妈妈。她丈夫不停地哄着，但这次似乎是哄不住了。

"吴丽，这么晚了，不整理你那些破资料了行不？一晚上不整理我看就死人了吗？"她丈夫压抑着的荷尔蒙终于找到一个发泄的口子。

"一个孩子都哄不住。你能养家吗？如果能的话，我就不评职称了，做全职太太。"一听她丈夫这么说，吴丽顿时发火了。她一看电脑上显示的时间，已经四点半了，第二天早上还要坐校车去老校区给本科生上课，万一去停车场迟了，又得花钱打的了。她用鼠标点了关机，趁着关机时屏幕闪烁的光亮，她赶紧走进房间。可是还没走进房间，电脑屏幕上的光就熄了。

嘭的一声，她撞到了门框上，她丈夫赶紧拧开台灯，可哪里来得及，她哇的一声就蹲下去。她丈夫爬起来走到她身边，准备扶她起来。她一摸额头，一个大包，幸好没出血。

"老婆，你怎么不小心点，叫我开灯嘛！"她丈夫似乎一下换了一个人，清醒了好多，安慰着吴丽说。

孩子在床上哭着，不停地叫妈妈。吴丽推了男人一把，说没事。本来她是想骂一句的。可是霎时间，她放弃了，委屈的泪溢出来。

隔壁的父亲也披着衣服起来，关心地问："怎么啦?"

"就碰了一个包，没事，爸，你睡吧，别凉着了。"说完，走进房间，关上房门。

忍着痛，哄着孩子。她的男人也随着上了床。借着台灯的光，看见女人额头上的大包，赶紧打开门，走进书房，拿来酒精和药棉。

回来的时候，孩子已经又睡熟了。"老婆，躺着，我帮你擦擦。"

"我不要你理。"一翻身，留下一个憔悴的背影对着他。

男人无奈，只好放下药棉和酒精，上了床，轻轻关掉台灯。

吴丽没睡多久，就听见鸡叫了。环卫工人手里的扫帚摩擦着地面发出沙沙的声音，清脆而单调。吴丽本想要起床，但他老公已经撑起身子了。

"亲爱的，你多躺会儿，今早上我做早餐。"她男人和气地说。

吴丽一想，难得丈夫体贴一次，索性就多躺一会儿。

不到十分钟，孩子醒了。这一次，哄也哄不住。她丈夫出去买菜了。吴丽只得又起来给孩子穿好衣服，让他在床上玩耍。她实在太累了，想多躺会儿。可是孩子一不小心，碰到她额头上的青包。

她哎哟一声，彻底清醒过来，便睡不着了。

孩子醒来时只顾着自己玩，还没看见她的伤口。此时，听见吴丽的呻吟。

"妈妈别哭，对不起，宝宝帮你吻吻。"说着轻轻吻了她额头一下。吴丽眼里又一次溢满泪水。

为了这个家，为了早点评上职称，不知默默忍受多少苦。

孩子永远是她的希望。

有时，她想，所谓做学术，只不过为了生存而已，一天到晚，被家庭琐事缠得精疲力竭，哪还有更多心思在思考问题上。

生活就是那柴米油盐。人，一旦结了婚，更多的责任在那里等着你，照顾老人、孩子，什么理想，什么抱负，都暂时存在心底，但不能就那样因为生活的琐碎就放弃，到了某个阶段，一定要拿出来慢慢实现。

年轻的时候，吴丽也做过白雪公主的梦，梦想着嫁一个高富帅。可现实摆在那里，你永远无法逃脱。哪怕没有高富帅，做一个家庭主妇也可以。每天读自己喜欢的书，写文章，照顾孩子和家庭，不用去工作。尽管她有高学历，但长相平庸，虽说不丑，有点气质，博士毕业，已经是三十多岁的剩女，只好将就着能嫁出去就嫁出去。

曾经的梦想被击得粉碎，来不及伤悲，孩子、房子、父母……现实摆在面前。

刚参加工作第二年，工资不高，只有三千多块钱，孩子一个月的奶粉钱就花去一半。除了接受残酷的现实，努力工作，将目前的事做好，她没有别的出路。

吴丽给孩子收拾好，让他拿玩具玩，她自己强行给自己打气，挣扎起来，干裂的喉咙又痛又痒，走进卫生间，照了一下镜子，看着额头上的包，内心好不悲凉。她也不知道究竟是为什么觉着自己如此的悲凉，在别人看来光鲜的外表下，内心的苦谁知道？她想抱怨，但不知道该抱怨给谁听。

她只得拿来药棉，给自己敷上，贴上药贴。洗了脸，略施了粉，打开电脑，准备当天的备课。

她现在还是一个本科生班的班主任，每天都要坐二十分钟的校车去老校区一趟，加上研究生的课，她一个礼拜共有十节课，只不过为了评职称，研究生的课程这学期基本没怎么上，一是因为本身忙不过来，另外她喉咙沙哑，也无法给他们讲，她努力保持一些精力给本科生讲课。

刚备好课，她丈夫就做好早饭。她自己没心思吃，还是努力喝了一碗粥，喂孩子吃了一个鸡蛋，给他打了一杯豆浆，然后拿好资料，准备送孩子去幼儿园。

本来送孩子的事情可以让她丈夫来做，可是孩子偏爱她，每天早上还要撒点娇，她丈夫总是一板一眼的，孩子就不爱跟他，有两次她丈夫打算送孩子，可是孩子偏要妈妈陪着，最后还是吴丽一个人送。外面天冷，也不好让老人送，如果老人再病倒一个，那么生活的重担会将她的骨头压碎的。

吴丽将孩子送到幼儿园，到学校车场，刚好坐上车。在车上，都是熟识的学校同事，看见她头上的药贴，都关切地问怎么了。吴丽脸上努力挤出一点微笑，笑着说跟孩子玩耍，一不小心碰到墙上了。可是心里像打翻了一瓶苦药，苦得无法言说。

碰见文学院新晋升的书记李伟，打过招呼。

"吴老师，这次评职称应该没问题了吧，文学院就你一个文学博士后，无论如何这次要评上了。"李伟看上去很关心地问。

"这个不清楚，唉，谁知道呢！"吴丽努力压低声音，但也尽力让对方听得见，每提高一个分贝，声带振动幅度就越大，疼痛程度也就越剧烈。

其实，这一次李伟也是参评人员之一。文学院总共就一个教授名额，但参评的就有三个人，除他们两人之外，还有一个是第一次参评教授的。三人当中，吴丽学术能力最强，结果没出来，谁也说不清谁会被评上。

两人聊了几句，李伟看吴丽说话吃力的样子，也就没继续和她说话。吴丽坐在位置上，闭目养神。她太累了，尽管车在路上比较颠簸，但她还是睡着了。车到站后，被人叫醒，才下的车。

先打卡签到，然后去教室。在嘈杂的声音中，她娇小的身体和孱弱的声音根本就找不到存在感。上课铃响了两三分钟学生们还安静不下来。她想大声吼一句，可是也吼不出来。她用黑板擦使劲拍打着讲台，终于安静下来。

她实在不敢多讲一句话，张开口，努力挤出几个字，可是学生们也听不清楚，想大声一点，可是发炎的扁桃体撕裂般剧痛。她只得用粉笔快速往黑板上写当天上课的内容。这一招挺管用，尽管学生们每一个毛孔都激荡着青春的活力，看见她痛苦的样子，自觉地安静下来，做笔记听课。与其说是听课，不如说是抄笔记。

为了赶上其他班的进度，吴丽哪怕是照着书上的内容念，她也要赶上去，很多该阐释的内容，她也无力给学生们阐释。但没办法，她本想做得更好，却无能为力。

一节课下来，她的手酸痛无比，软得像一根秋草，当她轻轻扔下粉笔头，无力地拿起包的那一瞬，包差点就掉在地上。她走回教师休息室，包一放下，拿起杯子咕咚咕咚喝下一大杯水，润泽她那红肿干裂的喉咙。

她还要去开一个本科生班主任的会，她抱起一大堆作业，就往会议室走去，她选了一个不起眼的位置坐下来后就拿出笔改作业。这次的作业是让学生写一篇文学作品的读书评论，她也想认认真真修改这些作业，可是时间实在不够用，她只得草草地读一遍，然后简单写上几句评语，画上批改日期。她改得太快了，半个小时的会议，她就将班上 47 个人的作业批阅完成，而每份作业都在 3000 字以上。

开完会，她就马不停蹄往车场赶，上车后，她坐在最后一排，赶紧给她班班长打电话，布置工作。

布置完工作，她闭上眼睛，想休息一会，不到两分钟，又睡着了。下车的时候，邻座的一位同事喊了好几声才将其喊醒。

她扶着座位的扶手下了车。

吴丽无力地拖着身子，干冷的风吹着，她打了一个趔趄，头一晕，眼前一阵金星，还没来得及抓住旁边伸过来的手，就倒下去了。

躺在病床上，望着洁白的天花板，吴丽百感交集。想哭，也挤不出一滴泪。为了生活，为了家，为了孩子，为了让自己活得好一点，她有说不出的辛酸。检查结果出来了，仅是重感冒，血糖过低，输几瓶点滴就好。

她感觉好一点的时候，就拔了针头，又回去接孩子，准备职称评定资料了。

吴丽有时候感觉像是被生活绑架了！在学生时代，她总以为做学问是一件高雅的事，真正进入之后才发现这仅仅是一种职业，一种养家糊口的职业，曾经被大众抬到神坛上的教授现在被柴米油盐推下了神坛，家成了一种祭拜。

# 四

> 耶稣说："我也不定你的罪，去吧！从此不要再犯罪了。"
>
> ——《约翰福音》

"王仔，快回来我跟你商量一件事。"一天，王矗和古月吃过午饭，送她到楼下后，正准备到图书馆去看书，接到黄军的电话。

"什么事，这么紧急？"

"急事！快一点，兄弟！"王矗挂断电话后，就急匆匆赶往寝室。

王矗用钥匙打开门，面前出现四只跷着二郎腿的脚。左边穿银色高跟凉鞋的两只，趾甲染得红红的，光着的两条腿像两根粗粗的大白萝卜。再往上看，一个微胖的女人，头发染得一半紫一半黄、卷得像个鸟巢，方脸，打着眼影，脸对着前方的墙壁，布满怒气，身着白色细纱半透明的低胸连衣裙，双手怀抱着，右肩上文着一朵蓝黑色玫瑰，年龄在二十四五岁，身高约一米六。

这张面孔很陌生，王矗没见过。

右边的那位脚上套着一双白色板鞋，身高在一米六二左右。她身着一条深蓝色牛仔裤，一件米色碎花短袖，秀发披肩，正低着头在那里玩手机，大约二十岁，名字叫燕子。

王矗认识她，在年初开学的时候见过面。

那是开学的第二天，王矗将从家里带来的腊肠煮好，还在外面买了一斤二两花生、半只烤鸭、两瓶果粒橙、六个苹果。然后他们带着各自的女朋友在寝室进行了一次聚会，他们喝着王矗泡的药酒，聊天。王矗只知道燕子在 W 市的一个三本上大三，和黄军是同一个县的。

本来她们是面对面地坐着，看见他进去，都扭过头望着他，王矗向她们点了点头，算是打了招呼，随手将门关上。

寝室不是很宽，跷起的四只脚将进去的路堵死了。见王矗进去，她们才将脚放下来。等他走过后，又跷起来。尽管她们坐着，但王矗还是看见她们微微凸起的肚子。

黄军倚着窗子，右手夹着一支烟正往嘴里送，若有所思地站在那里。

他死死地盯着地板，见到王矗进去，抬头起来，长长吸了一口，鼓起腮，用力地缓缓吐出烟来，烟直直地向前冲了约三十厘米的距离，再无力地飘散，像一朵愁云，将他的脸遮掩。

王矗进去后，将书包放在自己的书桌上，走到黄军面前，才看见他的脸有些微红，像是被扇过耳光，王矗已经明白了三分。

"什么事？"王矗轻声地问。

"等我出去跟你说。"黄军将吸了半截的烟扔到地上，用脚踩熄，抬起右手，搭在王矗的肩上，示意起身。

走到两个女人面前，她们还将脚跷着。

"你们打也打够了，骂也骂够了，事情总要解决嘛！"他俩走到两个女人旁边，黄军在前，王矗在后，黄军用哀求且夹杂着愤怒的语调说。意思是要让她们放下脚，他俩好出去商量解决。

"还没打够。"陌生的女人马上站起来，迅速将右手举起，左手抓住他的右肩，黄军还没来得及躲闪，啪的一巴掌就打在他的左脸上。

"你他妈的……畜……"她本来想要骂"畜生"的，一想若骂他畜生，自己跟畜生一起恋爱，那自己不是也成了畜生吗？畜字说得有点小声，赶紧住了口。

在寝室兄弟面前挨打，作为男人，黄军有些难为情，为了挽回一点男人的尊严，黄军作了简单的反抗，不管怎样，这件事还是自己输理。

"你他妈的够了吧！"说着他狠狠将她一推。她刚才坐的是四脚铁皮凳子，有一尺五左右高，站起来后，被黄军这样一推，一下坐下去，失去重心，随着凳子后仰了过去。王矗本能地伸出双手，还没来得及抓住她，嘭的一声，她的后脑勺就重重撞在脚梯最底下一根横杆上。

"啊！"旁边的燕子顿时尖叫着站起来，双手握紧拳头抱在胸前，手机也掉在地上，随着啪的一声，主机、手机壳和电池散落着，弹跳开去。

倒下去的女人眼睛睁得大大的，眨也不眨一下，头缓缓地从脚梯滑向地面，手无力地耷拉在地板上。

"娟子！"黄军本来想推开娟子，准备跨出门的，脚已经向前跨了一步，被尖叫声一下惊吓住了，回过头来，看见娟子躺在地上。马上蹲下去，扶住正往下滑的娟子，叫着她的名字。

"快掐住她的人中，快！"王礌也被吓了一大跳，但还没有失去理智，而是出奇的冷静，马上吩咐黄军。接着，他随手摸出手机，两步跨到窗边，拨打了"120"。

"人中在哪儿？"黄军急切地问道。燕子来不及捡手机，赶紧蹲下去掐住娟子的人中。

王礌打完电话，又赶紧走到他们旁边，蹲下去，看了一下情况。娟子的眼睛还是一眨也不眨，瞳孔开始放大，脚无力地蹬着地面，挣扎着，口微微张着，发出喔……喔……的声音，像有什么重要的事要说，却发不出声音来，王礌看见这情形，心跳一下加速到每分钟 110 次（他经常运动，一般情况下在每分钟 65 次左右），手也开始不听使唤地抖起来。

燕子掐着娟子的人中的手也在不停打抖，浑身发颤，眼里满是害怕和不安，她也在不停地小声呼喊着娟子的名字。

旁边的黄军右手托住娟子的头，左手抓着她的胳膊，满含着泪盯着娟子睁着的两只眼。黄军眼里的愁云和愤怒消失了，极度恐惧，全身都在发抖，他摇晃着怀里的娟子，每摇一次，就呼叫娟子几声，声音越喊越大，整个楼道里都听得见。幸好门关着，但王礌听得见外面集聚的人们在门外走动的声音。

"快把她抱到楼下。"王礌蹲下来看了一眼，马上吩咐道。

黄军鼓起腮，撑了两下才抱起娟子，"快开门，燕子。"黄军撑起来后对燕子说，声音有些惊慌。燕子开了门，等黄军出去后，退回来抓起散落在地上的手机，跟在黄军后面，边跑着边重新将手机组装好。

"把我的钱包给我拿过来，王礌。"黄军吃力地抱着娟子走了几步，又扭头说。

"钱包在哪里？"正准备关门的王礌，急促地问了一句。

"在我公文包里面。"

王翥三步并做两步走到黄军的书桌旁边，抓起包带子，转身正准备背自己的书包，没来得及细看，黄军桌子上的咖啡杯就被摔在地上，摔成碎片，王翥顾不得那么多，转身将自己的书包拉过来背着。他平时经常上图书馆，所以钱包、钥匙、手机等随身带的小物件都放在书包里的。他到门口时，看见地上一大摊被裙子扫过的红红的血迹。

走出寝室，在楼道里，一滴一滴的血鲜红地印在白色的地板上，连成一条不规则的曲线，连接着人间和天堂，格外显眼。在过道里，熟悉的同学赶紧问发生了什么事。

"只是一个意外。"王翥没有时间向他们解释，另外也是顾忌黄军和自己的颜面，毕竟事情发生在自己寝室。

王翥全身也不由自主地颤抖起来，他死死咬紧牙，想控制住不停打架的上下两排牙齿。

王翥到楼下时，黄军跪在寝室楼门前的草坪上，抱着娟子，在那里哭着，不停地呼喊："娟子……娟子……娟子，你别吓我啊。"他身子颤抖着，恐惧得像掉进了冰窟。

燕子蹲着，眼红红的，颤抖的手不听使唤，她狠狠用力，死死掐住娟子的人中。

他们的周围围了一大群学生。人们不停地问："咋啦？咋回事？"

"没事，没事，只是一个意外。"王翥站在旁边也不知如何是好，只得用最简单的话语回答最复杂的问题。

"这'120'咋还不来啊？我的天啊！"黄军惊恐地抬起头，向校门口的方向望了望。

那时，一分钟都像过了十年。王翥站在他们旁边，也着急得不行。等了三四分钟，一看120还不来。他害怕救护车到校后找不到他们。将黄军的公文包套在脖子上，跟他们打了一个招呼，就跑往校门口去接 120。幸好他跑到校门口就接到了。

经过三天的抢救，娟子命保住了，只是孩子的命没留住。双方的父母都过来了，可以轮换着照顾娟子，黄军抽空回去上课。其余时间，他就待在医院。

王矗后来得知，娟子是黄军的小学同学，一次他们小学同学聚会，两人重逢。娟子小学毕业后就来 W 城打工，他们聚会的时候，她正在一家发廊学理发。那晚以后，黄军余情未了，一直和她联系着。

王矗只知道他们小学同学聚餐的事情，但没想事情发展到这一步。其实，黄军也在怀疑，那肚子里的孩子究竟是不是自己的。

孩子已经不在了，而且是自己亲手弄掉的，这个责任无论如何黄军是逃避不了的。

接下来一大堆的事情等着黄军去处理，燕子肚子还挺着，娟子住院的花销，还有学校里的一大堆事情，以及赔偿娟子的损失费。黄军家里人肯定不想打官司，想通过协商解决。

王矗也每天忙得不成样子。每次黄军谈判，他都得参加。还有萧玉的案子也需要配合萧玉的律师补充证据。

在寝室事件发生后的第三天，他就接到研三师姐李雪的电话，要他帮忙修改毕业论文。为了防止抄袭，每一年研究生的毕业论文必须提前过机检查。李雪师姐的毕业论文重复率居然高达百分之六十二，更有甚者，一体育系的学长，重复率高达百分之九十。

# 五

> 我要你知道，在这个世界上总有一个人是等着你的，不管
> 在什么时候，不管在什么地方，反正你知道，总有这么一个人。
>
> ——张爱玲

在古月和王蠢心里，今后的路该怎么走，分手后回各自老家，还是一起去 G 省或 H 省，或一起留在 W 城，两人一谈到这个问题就很纠结。两人通过吵架，或和谈的方式分手过好几次。可两人一见面，又忍不住投入对方的怀抱。

快到五一的时候，本来两人说好五一一起去旅游。可是在四月三十日那天吃午饭的时候，两人谈起一起旅游的事，正兴致勃勃，王蠢开心地说："我们旅游算不算度蜜月呢？"

"我还没说嫁给你，你拿什么娶我啊！"古月说。

这句话如当头给王蠢泼了一盆冷水，虽说是一句玩笑话，却像是一把刀。

是的，现在他拿什么去娶她呢？古月站在她的角度这样说，有一定的道理。其实，以前王蠢也跟古月好好谈过，古月家里不是还有一个妹妹，他还有一个姐姐吗？他们都可以照顾各自的父母的，加上现在交通工具这么发达，想见谁的父母还不是很容易的事情？

通过两人的奋斗找到属于自己的幸福不是很困难。

现实就是现实，王蠢现在的确什么也没有，除了寝室书架上一大堆的书，他有什么呢！

"我也没说要娶你啊，反正我也穷，你可以选择比我有钱的啊，要走，你现在就可以走，我不送你。是的，我穷，用不着你的怜悯之爱。"王蠢有些激动地说出一长串话。

没想到古月站起来，真的走了，王翥也没拦她。让她一个人走，自己将两人的餐盘收拾好，放在食堂指定的位置。

整个下午，两人都在赌气。

是夜，王翥冥冥中感觉这是一次决裂，整夜无眠。

那时，刚好有另一个男的在追古月。

第二天，是文艺学专业一年一度五一聚餐的日子。一早，他就听萧玉说，古月和那个男的一起去旅游了，王翥痛得像伤口上撒了盐。

作为专业班长，他得参加当天的聚会。

王翥被杂乱的思绪缠绕着，一团浓烈的气焰在心中燃烧起来，一年来的感情因几句争吵，在一夜间化为灰烬，他陷入无法言说的痛苦深渊。

早饭过后，他到图书馆看书，可无论如何也无法将心思安定在书本上，他强忍着不让泪水流出来，每当泪水在眼眶打转的时候，他咬紧牙，抬头望着白色的墙壁。当他低下头，望着书页的时候，泪就掉在了书上。

他装作睡觉，却忍不住抽搐。来看书的人也多起来，自习室一下来了六七个人，散乱地坐在旁边的桌子上。幸好他坐的书桌还没有人来坐。他怕被人看见他一个二十多岁的男人还在流泪。

整整两个小时，他才翻了四页书。

一看时间十二点半，距吃饭时间还有一个小时，他在图书馆实在待不下去，好像整个世界忽略了他的存在。还是他在逃避，不愿意承担那样的痛苦呢？那时候心静不下来，做不了任何事情。

刚好新的一期《南方周末》出刊，他打算去买一份读读，以前每期他都买的。

收拾好书包，到卫生间用冷水洗了一把脸，在卫生间门口的镜子里面照了照，才发现早上居然忘记刮胡子，两腮一片漆黑，两只眼睛也布满血丝，用手一摸，肉明显减少，胡子刮得手掌沙沙作响。

外面的阳光灿烂、刺眼，天空瓦蓝瓦蓝的。尽管到了五月初，阳光还不那么晒，暖暖的，不热，路边的草也长绿了。

到了校门口的邮亭，卖报纸的阿姨一看见是他，立刻从里面拿出一份《南方周末》，他是这里的常客，阿姨对他很熟悉，他也交代过让她每一期都给他留一份。

买好报纸，才十二点五十。在邮亭旁边，打电话问师姐吃饭的地方在哪里？师姐说就在校门口对面一家蛋糕店楼上，他抬头一看果然那饭店的招牌在一家蛋糕店的上面。距吃饭还有一段时间，于是他走过街道，在蛋糕店门口的桌子上坐下来，买了一瓶饮料，边看报纸，边晒太阳，一直到一点二十，才收起报纸走上楼。

上了楼，在服务员的指引下，走进一间靠街的名字叫望江楼的包间。里面只有一位已经毕业两年了的师姐在那，名字叫王菲，她在市区一所比较出名的中学当语文老师。

她正趴在桌子上写东西，见他进去，停下笔，开始收起文件。

"师姐好，在忙啊，打扰啦！"王斠问候道。

"唉，不存在什么打扰，我也是完成任务，抄思想动态报告，每一个月都要写。"

"看来你真是一个好同志啊，这么认真。"

"你别这样说，我也汗颜。我并没有那么宏伟的理想，只想过平凡的生活。当时还不是硬性规定，必须是组织里面的人才能进我们的单位吗？其实是不是组织里面的人，做的事都一样。这思想报告，规定必须手写，每人每个月都在写，可是写给谁看，谁来看，我们都不知道，或许根本就没有人看，可是我们必须写。大家都从网上或报纸上选一段抄下来。为了完成任务，不知道浪费多少的纸张。"王菲师姐一肚子的苦水一下泼了出来。

"革命任务是光荣而神圣的。"他插了一句。

"我这些材料都是网上下载的，下月上面来检查，要把这两年的所有思想报告都汇总，还要帮领导写，好几万字呢，手都抄疼了，简直累死了。看来这个五一都不能休息了。"她边说边将一摞资料装在提包里。

装好资料，师姐突然问："你的另一半呢？你们两个人经常都是一起的，今天怎么就你一个人。"以前师姐和他们聚餐、一起唱歌的时候，两个人都在一起的，所以师姐这样问。

"旅游去了。"他带点苦笑回答道。

"咋不一起去？"

"脚疼。"那几天王翥跑步时，右脚受了伤，走路也有点疼，如果稍微用一点重力，根本就无法移步。他走路时尽量将重心往左脚移，他说的一半是实话，一半是借口。

"可惜了这么好的机会，真羡慕你们年轻人，多浪漫啊。"师姐长得丰满一些，相貌不错，人也很好，快三十岁了，还单身，每次聚会的时候，都带点羡慕的口吻同他们几位正在谈恋爱的师弟师妹说笑。一提起古月，王翥的泪都快掉下来了，但他并没有把他们分手的事跟她说。

师姐装好资料，看了一下表，说："我去点菜吧，一会儿他们就来了。"王翥坐在靠窗的椅子上，透过窗子，看见一个读研二的师姐和两个师哥一起过来了，更远一点是他们的师爷张子川，手里提着两瓶酒，远了点，看不清是什么酒，被古月的导师吴丽陪着过来了，

师姐走后，王翥打开手中的报纸看起来，接着就是他导师余鹏进来了。王翥放下手中报纸，站起来，给导师倒了一杯菊

花茶。

"余老师好!"

"看报呢?"

"嗯。"

"什么报纸?"

"《南方周末》。真正的黑幕我们是读不到的。"王蠡想到做记者时采访拆迁过程中出人命而被毙稿一事,感叹地说。

"在我们国家,有这样的媒体存在已经算不错了,不然所有的声音都一样,有什么意思呢?只不过不要总做愤青,我是一个现实主义者,伟大的理想等我富了再说。要适应社会的发展,理想很丰满,现实很骨感。其实以前我也跟你一样,爱写诗,发牢骚,对社会中的关系学很反感,其实出来以后才发现,有时候学会喝酒比做学问还重要。"他边说边笑,笑中带点苦涩。

他接着说:"以前有好的课题,我总是很认真地填写申请报告,可是每一次都轮不到我,别人一顿饭、一杯酒就让我的课题成了下酒菜。唉,为了生活,为了养活家人,不得不喝酒,不得不接受这样的现实。"说完,带点感伤地望着窗外。

记得复试的时候,他就听说余老师读书很认真,是张老师的得意门生,研究生毕业的时候,能全篇背诵"四书",并以优异的成绩保送为张老师的博士生。读博以后又回到这个学校教书。本是做学问的好材料,却转型从政,边做研究边从政,很多时候开会、出差、应酬都忙不过来。他常在学生跟前抱怨堂堂的博士被安排在一个办公室打接电话,真是孔夫子教《三字经》——大材小用。那些当领导的人,今天给你一个任务,明天就要结果,从来不看过程,熬夜整理材料就是家常便饭的事。

尽管他才三十五六岁,但在五粮液和茅台等好酒的催化下,身体开始横向发展,体重远远超标,还伴有严重的高血压、高血糖,幸好他一直比较精神,说话中气十足。

　　和余老师聊了几句，聚餐的人陆续来了，师姐也点好菜出来了。本来他们专业的人数就不多，总共只有五届，一届就三四个人，老师也不多。加上逢五一，很多人都去旅游了。已经毕业的李师兄、王菲师姐和杨娜师姐，研三师姐李雪，研二的方师姐、何师兄和余师兄，研一的就王蓁一个人，加上三位老师，一共十一个人。

　　当余老师看见已经毕业了的李师兄挺着一个大肚子进来的时候，伸手拍了拍，开口道："又增加了不少的养料。"

　　"哈哈，这是沾了社会主义的光，还是社会主义好，社会主义国家的人民都长得白白胖胖的。"李师兄说。

　　"一看就是有文化的人，一肚子的酒文化。"张老师进来后，说道。

　　大家都附和着笑起来。

　　人一来齐，大家都坐到桌子上。这次张老师提两瓶自己珍藏了二十多年的茅台酒。他说他的酒一直放着舍不得喝，加上刚好五一，都是自己的徒子徒孙，一家人，刚好合适，所以就带来了。当他将酒放在桌子上的时候，王蓁一看日期，是1987年4月25日，只比他小几个月。几个师姐一听说那酒的年份比她们的年龄还大，就尖叫起来。吴老师说："这可是张老师的无价之宝，好酒，不管喝不喝酒，每一个人都得尝尝。"于是每一个人都将酒杯放在桌子上，一位师哥在那儿分酒。当他旋开酒瓶盖，一股酒香味立刻萦绕着整个屋子。

　　每一个人都端起酒杯等张老师发话，张老师说："又是一个五一，我又老了一岁，我别的话不多说，祝大家五一快乐，工作顺利。"于是，大家端起杯子，慢慢品起来。张老师轻轻喝了一小口，说："这就是十足的茅台酒味道，第一口喝到嘴里有一点煤油的味道，而且煤油的味道淡于酒的味道，不辣口，酒在口里仿佛要钻进每一个细胞似的，还有就是有一点黏稠。"

张老师很高兴地为大家普及好酒的知识。接着又将杯子放到唇边，闭上眼睛，深深地吸一口气，再慢慢呼出，接着，小呷了一口，若有所思地发出啧啧的两声，连声说："好酒，好酒！"

尽管没有特别安排各自的位置，然而大家还是有序地坐着，男的坐在一边，一排按毕业的先后顺序从张老师的左手边开始坐过来，先后是余老师、李师兄、研二的何师兄和余师兄、王蠹，张老师右边是吴老师、王菲师姐、杨娜师姐、研三方师姐、研二李师姐的顺序坐着。

大家吃了一会儿菜，敬酒就开始了。先是余老师、吴老师给张老师敬酒；接着，是已经毕业的师哥师姐；然后是研三的、研二的和王蠹他们依次端起酒杯走到张老师身边，给他敬酒；然后依次相互敬，从上往下，当然年长的少喝一些酒，占一些便宜。这是他们文艺学专业历来的传统。

大家喝着酒，开着玩笑。张老师在桌子上引经据典，常常博得大家的鼓掌和笑声。当大家谈起一位马上毕业正在忙着考试没有来参加聚会的研三的师兄时，大家都挺有感触。他为了考上公务员，从最东边的 S 城开始一直报名到西部的 W 城，光报名费就花了两千多，一个地方的考试结束就马上奔往另一个地方，不停地考试，广泛撒网，他相信总有一次会考上的。他说他的目的就是考上公务员，得到一份稳定的工作。

余老师开玩笑说："今后我们专业所有的人都考公务员，大家都做官。"

"你们做官吧，我经商。"研二的何师哥说。

"官商勾结。"一位师姐说。

"你们都经商和做官，我就当和尚。当一个'花和尚'。当官的多给经商的一些好项目，我来化缘的时候，你们就可以多给我一些。"王蠹搭了一句话，大家一起又笑起来。

大家都忙着喝酒。一阵阵吆喝声和酒杯碰撞的声音结合在一起，撞出无数空虚和寂寥的欢笑。这样寂寥的欢笑让王羲暂时忘记了失恋的痛楚。

大家再一次共饮后，余老师问："这里面哪几位同学还单身，请举杯，互相共饮一次。"女的有王菲、杨娜师姐和研三的李师姐三位师姐举手，男的有何师兄和余师兄，王羲也举起手。

他们几乎异口同声地说："不行，王羲是有女朋友的，我们打假。"

余老师也说："我不是听说你有对象的吗，王羲？"王羲不知道余老师怎么知道他在谈恋爱。他们的话如同在他逐渐冷冻起来的失恋的伤口上撒了一把盐，长久地腌着，直至开始腐烂。但他还是强忍着痛，有点低沉地说："刚被解雇了。"

"吹牛，前几天还看见你和她手牵手在校园里面散步呢！"方师姐说。

"真的，你不信就算了。"说着他的泪几乎快掉下来了。他们看见王羲不像说谎的样子，也没继续打趣。

"好嘛，把你加进我们的行列，干杯！"王菲师姐说。大家举起杯子，站起来，相互碰了碰杯，各自喝了一口酒，又坐了下去。

"好！好！"张老师脸带着微笑说。他酒量不是很好，但喜欢看大家喝酒高兴的样子，他的脸红红的，脸上洋溢着微笑，慢慢地接受着大家的敬酒。

"今天我做主持人，吴老师和张老师做红娘，我们来一次'相亲大会'。"余老师说。大家都笑起来了。"好！好！"马上要结婚的方师姐拍着手说。

说实话，三位师姐都长得不错，尽管不算漂亮，但还对得起观众。王菲师姐尽管丰满一点，但脾气很好，随和；研三的李师姐苗条，身高一米六五，体态均匀，有的地方还比较诱人，就是皮肤有点黄。因王羲皮肤太好的缘故，她常常打趣王羲说他该做女人。杨娜师姐身高也在一米六左右，皮肤光滑，不算白，一头长发飘逸，大众化长相。

李师兄马上附和着说："不知道下午民政局有人值班没有。"

"怎么啦？放假呢，你犯傻啦！"王菲师姐说。

"你才犯傻呢，假如上班的话，能牵手的还可以把证扯了，晚上我们接着喝喜酒。"李师兄回答说。

三位老师和另几位恋爱中的师兄师姐都笑个不停。

那时刚好轮着王羲向研三的李师姐敬酒，王羲刚端着杯子走到她的面前，师姐也从座位上站起来，扭转身和王羲面对面站着。

张老师就打趣道："还是王羲实在，说着就开始行动。"大家都笑起来，王羲和师姐被逗得不好意思，也忍不住抿嘴在那里笑，李雪右手端着酒杯，左手轻轻地用袖子挡着露出的白牙齿，动作有一些悠然，样子很美。他们喝完酒，又回到自己的座位上。

"其余的呢，王羲都开始行动了，你们也该行动啦，尽管资源有限，但大家别争，要争也要和气一点，最后的决定权在女士手上，不能强求。"张老师像一位老顽童一样打趣道，大家又笑作一团。

"我退出。"王菲师姐举起右手说。

"我也退出。"余师哥也附和着说。

"你们两个退出的成一对。"研二的方师姐说，大家又笑作一团。

"来，好事成双，我们大家来敬他们两对'新人'一杯。"何师兄举起手中的杯子，提高声音，像个司仪一样抑扬顿挫地打趣道。正在喝水的吴老师一听，本来方师姐的搭配就差点让她笑喷出来，但她还是忍着，这一次实在忍不住，噗的一声，将水喷洒在旁边的王菲师姐身上。大家又笑开了。

"好！好！好！"大家都端起酒杯在桌子上点着，酒杯碰撞出的铿锵的声音和大家的笑声交织着。王翥和李师姐都不敢举杯，喝也不是，不喝也不是。

"感情是靠缘分，不能强求，师弟太小啦，我要找一个比我大的。"李师姐不得不劈开尴尬的乐子。

大家笑作一团又开始喝起酒来。

放下酒杯，李师兄问杨娜师姐说："听说你们单位已经分房子了，还是高层别墅，多少钱一个平方？"

杨娜师姐在 W 城的市政府文明办当公务员，李师兄也在市局一个机关工作，只不过是事业单位编制。

"三千，只不过首付就要二十万，好贵哦，师兄你借一点给我吧。"杨娜师姐说。李师兄比杨娜师姐早毕业一年。

"好便宜啊，市区好的地段房子都卖到一万五左右，国家的工作人员就不一样啊，看来我叫大家都考公务员还是有道理的。"余老师感慨地说："我买房子也有好几年了，那时市区五千左右一个平方米，到现在还欠着房贷呢！"

余老师农村出身，妻子以前是一乡村教师，后来调到学校后勤部做后勤，工资不是很高，余老师又把在农村的两位老人都接来和自己住，加上还有一个五岁多的儿子，所以花销特别大，生活特别有难处。假如仅仅靠大学里面教书的 3000 多元一个月的工资，和妻子的 2000 多元工资加起来，一个月近 6000 元的收入，根本养不活家里面的人，仅儿子一个月的花销都要 1000 多元，还有一家五口的生活费近 2000 元、房贷 3000 元，以及日常的人情花销，根本就不够，所以他边从政，边教书，额外增加一些收入。

以前他跟王翥说过，他最喜欢的工作还是玩玩文字、做研究，意向不在从政上，假如不从政能很方便地拿到课题，他是不愿从政的。仅仅靠教书、做研究,很难申请到课题,那么收入就相当的可怜,无法像张老师那样以几十年的功力潜心做学问。张老师近八十岁了,靠资历和深厚的学术功底才拿下 70 万的课题。其实,张老师的课题也申请了好几年,每次报上去,公布的名单上都没有他的名字。内部人员跟他解释说,别人的关系太硬了。

至于张老师,一生清贫,为学术研究而奉献着生命。近八十岁了,每一周都坚持来为王蠢他们上课,每一次上课前,都认真备课。有时天上飞着雪花,他头戴一顶红色的帽子,身着一件穿了几十年的灰色妮子大衣从雪中颤巍巍地走来,像个"顽童"一样。每当上课的时候遇着下雪,王蠢打电话说去接他,他都开玩笑说自己还没老,自己行。学习上,张老师对他们要求很高,每当看到王蠢他们不好好学习,没有完成学习任务的时候,总会拿钱钟书和李泽厚这样的思想者的读书精神来教育他们。像他那样的年纪,按我国的传统,本来该享受清福,可是他还申请了一个国家级的大课题,以在学术上完成自己的一个愿望,他不为钱不为米地奉献着生命。

# 六

"张老,买菜呢?您说您都快八十的人了,还买啥菜呢?看我,纯纯的爷们儿。"王老师在院子里打太极,看见张老师提着一口袋从院门进来,调侃张老师说。说完,他跷起大拇指指了指自己,显出得意的样子。

王老师是张老师最早的学生,也有六十多岁了,多年来,他们既是师生,也是朋友,有兄弟般的情谊。两人经常备两个小菜,喝一杯。

"该你享福不是。"张老师笑着,进院子,两人寒暄了几句,张老师提着菜就回家了。

"秀兰，我买好菜回来了。"秀兰是张老师对爱人田老师的称呼，几十年了，从来没有改变过。

每年四月中旬以后，W 市的春天逐渐回暖，田老师从内地回到 W 市。头一天，因为她早上散步吹着冷风身体不是很舒服，所以没有参加他们的聚会。

进屋后，张老师换了鞋，将菜提进厨房，开始做早餐。而田老师还在洗漱间忙活。

早餐很简单，两个白水鸡蛋，一碟咸菜，一个馕，一个人一碗粥。

"这就是孔子说的箪食壶浆吗？"看着桌子上的菜肴，田老师一坐上桌就取笑张老师。田老师源于贵族之后，初中的时候，接受过蒋委员长的训课，"文革"的时候，挺过了重重苦难，满头的银丝成为了过往生命的痕迹。作为传统的女子，诗文辞赋早已烂熟于心，古典文化风韵内化到骨子里，随口而出。

"别恼，中午我给你做好吃的。"张老师笑着回答说。他从碟子中取出鸡蛋，剥好放在田老师的碗里。

"谢谢！"田老师端坐在位置上，停下筷子，对着张老师说。这么多年来，作为一种高贵的习惯，哪怕夫妻之间，依然保持着相互尊重。张老师边剥另一个鸡蛋，边说："昨天王老师送我一首诗，我给您念一念。"王老师古典诗词创作造诣较深，在国内诗词界名气比较受人敬仰。作为学生，他写了一首诗，送给老师：

> 讲坛稳健过稀龄，素誉称扬走八溟。
> 西域挥毫开户牖，东风许我立门庭。
> 品评目扫诗书画，谈笑胸藏日月星。
> 纵是今朝满头雪，犹浇桃李万枝青。

"你觉得写得怎么样?"张老师很平静地问。

"都是一帮老头子了,还玩文字游戏。"尽管诗写得不错,但田老师并没有对诗歌作任何评价,对于张老师的一生,一首诗是无法概括出来的,她何曾不知道呢。早已看淡了名利和生死,他们两人的存在,如两颗闪耀在天空中的孤星,离群索居,却又闪闪发光。

吃完早饭,因为当天他们儿子一家三口要来。田老师回卧室将蓝丝绒睡衣换成一套米色碎花的连衣裙。张老师洗好碗,等待着田老师为他弹一支曲,他已经半年没有听过田老师弹琴了。

# 七

走上人生的路途吧。前途很远,也很暗。然而不要怕,不怕的人面前才有路。

——鲁　迅

五月四日,古月旅游回来,到车站的时候,她打电话叫王赢去接她,正在气头上的王赢直接挂断了电话。

他从来没想过一次小小的争吵让古月变得这么快。刚开始,他还以为几天就会过去的,大不了赌赌气。

在一个黄昏,他张开怀抱,将古月抱在怀里,原谅了古月,他觉得是自己做得不够好,才让古月生气的,只不过心里的疙瘩始终没有消除。他跟她讲起聚餐的事,谈起相亲大会的时候,她被逗得哈哈大笑。还故作嗔怒地说:"你咋不答应师姐呢,人家有工作,还有房子,哪用得着和我一起吃苦啊。"

"吃醋啦,醋坛子!跟着我让你吃苦啦!是我不好。"

"嗯……"长长的一吻,两人和好。

只要心中有爱，不管什么错误都可以宽恕。

王翥和古月谈恋爱的事，在他们刚开始不久，王翥就告诉家里人了，家里人不怎么反对，也不怎么支持。

尽管他们希望王翥能早点稳定下来，结婚生子，他们好抱孙子，尽享天伦之乐。感情的事，他父母从不干涉他，由他个人做主，去追求自己的幸福。他父母知道，这么多年来，看到儿子一步一个脚印向前走的辛酸和艰难，成长和懂事，不必再给儿子过多的负担和压力。

如果说王翥的早恋让他没有珍惜自己最宝贵的青春，没有把握住人生的黄金阶段。从上大学开始，王翥就开始独立起来，使得父母可以放心地让他决定一些自己该做的事，去承担一些生命的责任。

在经历了一次大地震以后，王翥更加明白，死亡是个未知数，它的降临从来都不会提前告诉你。其实每一个有自我意识的人都知道，死亡的那一天总会来到的。我们不知道自己什么时候会死去，生命的偶然性有时会让你措手不及。死神有时近在咫尺，会以不同方式将人带走。

很多时候我们冥冥中感觉到，我们和死神并肩同行，时常会有这样的恐惧：当我们睡觉时，我们会担心第二天还能不能醒来。当然，这样的想法是沉重的，唯有在坚定的爱中，人才可以抵抗那无名的、来自他国的黑暗，才能紧紧贴着自己的心灵活着，才能在茫茫的宇宙中，让自己去体悟自己的存在。

在大地震后，他坚持锻炼身体的决心更加坚定，与父母联系的频率明显增多，以前几乎是每周才通话一次，后来变成几乎每天一次。和朋友联系的次数也大大增多。同时，他还加入了义工组织。

健康地活着是件多么幸福的事情。

读研究生以后，他还依然保持着上大学时的生活习惯。

　　找一份稳定的工作，有一帮要好的朋友可以谈心交流，和一个值得自己去爱并爱着自己的人恋爱和结婚，建立起一个温暖的家，再和家人一起慢慢度过这急匆匆的岁月，这是一个很平凡的愿望。可是，在特定条件下，王蠹之流会比别人付出多很多倍的努力，因为他们处在了社会底层。

　　带着这样的想法，王蠹意识到，自己毕竟也不小了，学业和事业必须要打好基础，这一点他做到了。但在爱情上，他很认真，很敏感，一有风吹草动，都会让他神经紧绷。他明白，从象牙塔到社会，从社会又到象牙塔，这不仅仅是简单的学习过程，而是对过往岁月的反刍。

　　王蠹是一个极度缺乏安全感的人，考虑到有一天，他也要加入房奴、车奴一族，便常常惆怅地望着无云的天空。

　　他特别害怕突然哪天古月找个借口说，我们不适合，我们分手吧，然后走掉。大学本科时候的恋爱就是如此，让他刻骨铭心。他是一旦陷入爱情的漩涡，便久久不能走出来的人。

　　每当考虑将来的时候，两个人都会为将来回 G 省，还是去 H 省，或者留在 W 城而苦恼和忧伤。两人的心中，或许已经有了答案和想法，但又不愿承认和面对，都在害怕。无论王蠹怎么劝说，古月的答案是一定要回 H 省，或者就去京都，原因是京都紧挨着他们的市。王蠹让她跟自己回一趟 G 省，看看那里适不适合自己生活和发展，她死活不同意去。

　　王蠹找机会和古月说过几次，让她将他们恋爱的事情好好跟父母谈谈，看他们的反应。马上读研二了，该为将来的工作着想。两个人谈恋爱这么久，都是成人了，该用理智为将来的事情作打算了。

　　其实两人谈恋爱以来，真正为生活吵架的时候几乎没有。两个人一起听音乐，一起看电影，一起吃校园周围的小吃，一起去图书馆，一起去博物馆，一起散步……

往往现实的残酷让彼此看清未来的路，但彼此的依恋让他们无法割舍。

在争争吵吵中，日子一天天过去。王羲还是天天去她楼下等她，陪她去打水，陪她去吃饭，陪她去外面逛逛。

随着高考结束，改卷的任务被分配到文学院，研究生可以自愿报名，萧玉、古月、王羲都顺利通过报名进入阅卷的名单。

阅卷的那几天，在几间很大的计算机房子里面，外面站满了武警，里面满是敲击键盘的声响，烘托出的气氛浓烈而紧张。流动判阅的试卷，仿佛就是一个个考生的生死符。他们的命运似一个个脆弱的玩偶，被抛向无垠的天空，稍不注意就会掉在地上。

那间阅卷的屋子，或许就是每年这个地区几十万家长和考生祈祷的天堂吧。改卷的每一个人都是神，他们的一举一动都在左右着考生们的命运。阅卷规则简单明了，每一个阅卷老师像一个机器一样轮转着，必须在那仅有的几秒、十几秒中判断一张试卷的某道题。那几十万份试卷必须在规定的时间内阅完，有时他们甚至要加班。幸好，每一张试卷至少都要经过三个人的手，才能判定。

读了十几年的书，在那么一瞬，像过独木桥似的，人与人之间的距离被拉开，人的命运就发生了转折。人无论以什么样的形态存在着，总会遇到几次关键性的时刻。每一个人的青春和生命总是有限的，折腾不起。如果在那关键的时候，总是处于劣势，那么他的人生之路就会更加的曲折。

萧玉在阅卷的第一天吃中午饭的时候叹息道："唉，想想自己读了十几年的书，命运的轨迹在那么几分钟就被改变了，真是难以相信。并不是说不公平，而是很具有戏剧性。比如机读卡填错，或者书写不工整等等，这些平时看似不起眼的细节，往往容易成为关键所在，因为一个细节的遗漏就让你原本直行的生命轨道发生转折。"

  大家都同意萧玉的说法。古月看着旁边的王翥说："听见没，尤其是你，想做大事，像你这样大大咧咧的，怎么去做啊，得改改。"

  说得大家都笑起来。

  "唉，今天坐我前面的那个老师刚好是作文组的组长，今天的一份试卷，本来作文满分为 60 分，一位老师判 52 分，另一位老师判 48 分，最后经过三评和仲裁，得到 58 分。最后那位老师说，那个考生今天一定是烧了高香，整整 10 分的差距。那种感受，真是难言。"王翥讲了一个当天在阅卷场的事实。

  大家都沉默了。

  "那我们尽量认真点吧，我们既是刽子手，也是命运之神，那我们多积一点德吧。"古月说道。

  "其实不管这个制度怎样，就高考考试本身来说，我认为是很公平的。哪个国家没有考试啊？每一张试卷都要经过很多改卷的程序，误判或者错判的几率是非常非常小的，这只是个人观点。"王翥的话大家还是比较认同的。

  一个多星期的阅卷经历让很多平时在校园里面过惯纯真浪漫生活的学子明白了一些有关命运的深刻哲理。

  改完卷，实在太累，王翥和古月约定，大家都互不打扰，关上机，回寝室狠狠地睡了半天的觉。加上课程早已结束，几乎处于一个自由状态，可以好好享受一阵清闲的日子。

  黄军一阅完试卷，就回家了。王翥正好可以彻底享受着安静的空间。

# 八

*不但要用眼睛，也要用耳朵去选择爱人。*

**——（古希腊）柏拉图**

城市不眠的灯火将人们白天没有展演结束的欲望继续燃烧。近十点，W城的天空开始慢慢变得昏暗。女人身上艳丽的裙摆在华灯中晃动起来，攒动的人头，嘈杂的音乐，愤怒的喇叭，皮笑肉不笑的脸，整座城市看上去无限的空虚。

王翯和古月提着为自己买的礼物，手牵手从一家小吃店出来。

"我们走回去，还是坐公交？"王翯轻声对身边的古月说。

"好累啊，只不过回去的路就十几分钟的路程，亲爱的，我陪你好好走走。"古月望了一眼手中的凉鞋，显示出抑制不住的兴奋。

他知道古月是真正的爱他。只是现实的残酷，让他们难以去面对。很多时候，是古月的包容和容忍，让他以前那种独来独往的性格慢慢改过来，习惯了有爱的生活。

恋爱，是人走向成熟的必经之路。尤其是男人，只有和女人接触，他才懂得去关心人，去呵护人。否则，一直处于一个男性的世界，欲望和竞争将他们推向名利场，将世界推向毁灭的边缘。只有在女人那里，他们才懂得什么是真正的爱。

以前，王翯习惯了一个人跑步，一个人看书，一个人吃饭，一个人思考，无论做什么事都在抢时间。刚开始恋爱的时候，每当陪古月逛一次街，或者外出爬一次山，他都觉得是在浪费生命，回来总是会说，又浪费一天时间。古月听说后，心里很不是滋味，她却没有为此恼怒过，只是说，以后尽量不打扰他，给他更多的时间去学习。她明白，王翥放弃高薪的工作来读研，又是一所不怎么知名的学校，毕业后还不一定能找到以前那样的工作，做出这样的抉择挺不容易，而且他也不想生命就停留在未来的吃喝玩乐上。

很多时候，她都特别需要王翥在身边，看着王翥拼了命地读书和学习，她又不忍心，自己忍耐着，默默地等待着。特别想他的时候，就打电话给他，让他从图书馆出来陪陪她。

尽管每次王翥都在她楼下等，其实他不知道，古月每次出去的时候，都要精心打扮一番，并不是说穿着多艳丽，而是在很多细节上特别留意，总希望把最美的一面展现在自己心爱的男人面前。

王翥是一个特别注意细节的男人。有两次，王翥看见古月脸上的脂粉抹得不是很均匀，甚至沾在鬓角上了。为了不让古月尴尬，王翥总是小心翼翼地在不经意间帮她擦掉。

在恋人之间，无论两个人相爱多深，两颗心总不能重合。有时候情人之间就是这样，越爱到深处，和对方相处时越敏感。

有时，一个眼神，一个动作，无意间的一句话，都会触动对方的神经，让对方警觉起来。

之后每一次王翥到古月楼下等她的时候，古月总是一遍又一遍地照镜子，有时走出寝室去了，又返回来，衣服总是整了又整，脸上总是看了又看。

在王翥电话的反复催促下，她才下楼。

有好几次，王翥等得发起火来。王翥在她寝室楼下，一等就是半个多小时，打了至少十几个电话，古月还未下楼。他刚准备离开，古月出现了。古月到了以后，总是微笑着说："你这么着急干吗，一点也不懂浪漫。"

男人的天性是激烈的，像干柴燃起的火，一旦燃烧起来，就难以熄灭。和古月在一起的日子里，王翥快节奏的生活慢了下来，他学会了等待，学会了分享。他从以前的"独行侠"变成现在的"侠侣"。

渐渐地，在一天天的柔情蜜语中，他发现爱古月已经成为一种习惯。每天早上，打开手机，不管古月开没开机，就发一条短信：早安！

每天洗漱完以后，就开始边做事边给古月打电话。假如是上课，他就去食堂先吃完饭，然后给她带上鸡蛋和牛奶，去教室等。一般情况下是悄悄塞在书桌里，或者等古月踏着上课铃声急匆匆赶往教室后，趁老师讲课不注意的时候递给她。

如果没有课，他就去图书馆看书，边看书边一遍一遍打电话，直到她睡醒开机。然后和她一起去食堂，王骞吃中午饭，古月将早饭和中午饭一起吃掉。有时他打完电话，总是接着将手中的事做个十多分钟，然后才到她的楼下，可还要等十来分钟，才一起去吃饭或逛街。睡觉前，给她打一个电话，再发一条："晚安，好梦，吻！"碰上她心情不好，总是不能挂掉电话，哪怕在午夜，她在电话的那一头歇斯底里地哭，或者是无理取闹，他也要爬起来在楼梯间接她的电话。

萧玉不在寝室的时候，这样的事情经常发生，如果哪一天王骞忘记发问候短信，那么下一次见面的时候，古月总是要提起。

或许这就是爱情，让彼此成为对方生活的习惯，成为他或她生命中的一部分。

像信仰一样，每一天都要朝着神祷告，如果缺少了哪一个环节，总会感觉心里欠安。

渐渐地，王骞明白女人天生需要被呵护。在爱情中，她们展现在情人面前的总是最美的一面。女人的撒娇和小闹，其实是在告诉你，她没被爱够，或许是对方做得不够好。她们很容易得到满足，有时，一袋新上市的水果，或者是几块钱的小玩意儿，都会让她们感动许久。她们要的不是占有，而是在乎。

握着古月的手，在嘈杂的街道，在物欲横流的华灯中，王矗感觉这半年来，给古月的时间和爱太少。刚开始恋爱的时候，他就告诉过古月关于他的家境和自己的追求，那时她还不属于他，她可以放弃，电话中古月哭泣的声音和坚定的语气告诉他，她爱他，说不出原因，就是单纯的爱。

或许，在人生的特殊阶段，人总该有一些天真的想法，那才是人生，尤其是对于女人，做梦的时间越长，她们会越幸福，甚至一辈子都在梦幻里的女孩，那是最幸福的。一个男人，无论处于什么样的环境，总该体会生活的艰辛，去默默承担，去忍受艰苦，他至少要养得起自己的女人和家庭，尽管他的女人也许用不着他去养。

王矗一次次暗示自己，一定要努力，给予古月幸福的生活。

当古月说出陪他走回学校的话的时候，王矗紧紧握着她的手，轻轻地说出一声："走吧！"

彼此含情脉脉对望一眼，就陷入沉默。爱人之间，有时最简单最朴实的一句话，胜过千言万语。

初升的新月散发着皎洁的光芒，恩爱情深的影子随着他们缓慢行走的脚步徐徐移动，他们静静地手牵着手走回学校。

回到寝室，他冲了一个澡，打电话告诉古月，他已经换上她给他买的新裤子，让她到他寝室看看怎么样。其实，在店里他已经试过好几次，比较合适。

高考阅卷持续一个多星期，两人每天都疲倦得回到寝室就倒下，有时还要加班，根本没有精力在一起，哪怕散步的时间也没有，每天两人待在一起通常都是在吃饭的时候，还有在阅卷场偶尔说说话。

他换好衣服，将几天来换下的衣服泡在桶里。古月就过来了，还带了一包衣服，那是她几天来凑起来的，她疲倦得不想洗，让王矗给她洗。

# 九

或许有的事情，可以等待，在等待中就会有奇迹发生；有的事情，从开始，冥冥中就注定是悲伤的结局。

"你给你家里人说我们的事没？"

"你好烦，每次你都要问这样的问题。我们能不能不提这样的事情，就这样下去，多好啊。"

"我们都不是小孩了，都二十好几的人了，做事应该理智点，我们出社会就要承担起太多的责任。"

"去年回去的时候，我跟他们说了。他们说我们两家距离太远，反对我们在一起，我有什么办法啊？我知道你爱我，我也爱你。我觉得我们最后一定会分开的，要不我们早早分手吧，你可以找一个适合你的。你不是总和我开玩笑说，你可以找一个比我漂亮的吗？"

"你不是也说可以找一个比我有钱的，比我高的、帅的吗？你也去啊。"王矗说着，捏着古月的鼻子。

"你先选啊，你选好后，我才选。"古月淘气地说，并咯吱起王矗的痒痒。

"还是你先选吧。你先选好，我看合不合适你。我可不愿你受别人欺负。"两人拥抱在一起。

只不过古月的话，提醒了王矗，或许，那一天总会来的。他意识到，虽然每一天和古月在一起，看似一天比一天感情要深。但很多细微的变化，让他觉得她有些改变。

以前，古月总是不在乎王矗看自己的手机。最近，她总是避着他，常说手机放在寝室充电，没带在身上。就算带在身上，很多时候都避着他接电话。这些异常的变化，让他心生怀疑。

一直没有确切的证据和理由说古月背着他和别的人恋爱，

而且这样的行为是最近半个月才出现的。

古月也答应假期和他一起回去，可是总觉得有一些不对劲。

刚才古月的一番话，让他不得不将之和最近古月的反常联系起来。看着怀里的古月，或许是自己多疑了，或许是她家里发生什么不愉快的事情，比如她母亲的病情加重之类的。王翥问过她是不是她母亲的病加重，她说没有。他也问过她妹妹，她妹妹也说，家里面好好的。莫非自己的猜测是正确的。

刚开学，她告诉过他，家里人给她介绍过一个对象，她理都没有理对方。躺在他怀里的时候，只说爱他一个人。可是一个不成，就不能另外介绍一个吗？如果真是这样，她提出分手，王翥可以理解。

王翥安慰自己，或许是自己过于敏感。

其实男人天生就有一种占有欲，包括对自己心爱的女人，他们都不愿自己心爱的女人背叛自己。

第二天醒来走出宾馆，已经是中午一点。两人吃了饭，逛了一会儿街，已经下午五点过了。到校门口的时候，他想起下午六点还有一个家教，地点就在学校。他怕学生过来找不到他，恰巧他手机没电，回去充电已经来不及。他拿古月的手机暂时用一会儿，因为那个手机可双卡双待，而且两人刚从头一晚的激情中走过来，互相比较信任。

他把自己的手机卡卸下来装进她的手机里，将古月送回去，就到平时做家教的教室等他的学生。

在等的过程中，他打开手机，一会儿传来振动的声音，一下来了好几条短信。王翥好奇地打开一看，第一条是："妹妹，在干吗？我给你打电话怎么关机了？天热起来了，注意休息。"

第二条是："早安妹妹，今天打算干什么呢？好不容易盼到这个周末，可以好好休息。"短信是一个名字叫牛士琦的发来的，几乎每一天都发，而且都特别地关心古月，他把每一天 W

城的天气情况和自己的每一天行踪都发过来，包括他到每一个城市的见闻。

他一下意识到了什么。

十

墙里秋千墙外道。墙外行人，墙里佳人笑。笑渐不闻声渐悄，多情却被无情恼。

——（宋）苏 轼

做完家教，王翯接到家里电话，说母亲生病住院了，父亲刚刚外出，幸好他姐距他们家只有几公里的路程，可以每一天看望母亲。

接着就接到那个牛士琦的电话，一接通，王翯还没开始说话，电话那头就说话了："妹妹，在干嘛呢？干嘛一整天关机？"语气很暧昧，顿时王翯火气直冒，但还是克制住了自己，回应道："喂，你好，我是古月的男朋友，你找她什么事？"对方顿时顿了一下，赶紧道歉说："没事。"王翯翻了一下通话记录，两人几乎每天都在通话，而且有的时候一天通话两三次。

这个电话，王翯也没有料到。他是足够信任古月的，他爱她，他把她当作最信任的人，甚至是精神的寄托。然而，在那一瞬间，他建立起来的信仰被摧毁了。

月！多么亲切的称呼，这样的称呼应该是王翯的专利啊。他心跳加速，像一头愤怒的、被关在笼子里的狮子，他没有地方发泄心中的怒火，他奔跑不起来。

他将学生送到公交车站，想着最终还是要分手，还不如早点断开好，假如不是这个电话，自己还一直蒙在鼓里。

他给她隔壁寝室的一个朋友打了一个电话，让她帮忙叫一下古月。

他尽量克制着自己心中的怒火，到了她的楼下。上完课已经快七点了，他有些饿，还有些口渴。他在等她的时候，从小卖部买了瓶饮料，坐在楼下小卖部门前椅子上等。

太阳已经落山，就像这段一路走来不平常的感情，似乎正要告一个段落。

好不容易等来了古月，她换上了头一天王翥给她买的裙子和高跟鞋。

看见她走过来，王翥喝了一大口饮料，咕噜一下吞下去，脸上没有一丝表情，甚至有些冷酷。只是古月只顾着自己脚下的路，并没有察觉他脸上表情的变化。

他拿出手机，将自己的卡取出，放在桌子上，平静地说："我们分手吧。"

古月一下子反应过来，她刚才一直沉浸在新裙子和新鞋子的欢愉中，还未想到手机的事情。

"你听我解释啊，好不好？"

王翥沉默着，没有听她的解释。将手机盖合上，转身就走，古月一下拉住他的胳膊，哀求道："听我解释好不好，亲爱的。"

几个从小卖部出来的人看着他们，其中一个还是王翥认识的书友，相互点了一下头算是打招呼。

"别在这里吵，我不想听解释，我去吃饭了。"王翥开始控制不住自己的火气。旁边一个路过的同学听见了，脸上带着笑容离开。

他掰开古月的手，快步往校外一家面馆走去。古月穿高跟鞋走不快，在后面不停的大呼："你错怪我了，你听我解释。"

到校门口的时候，王翥就把她甩下了，消失在摩肩接踵的人群中。

王翥到面馆叫了一碗面，吃了几口，心里憋着气，吃不下。

背着一个包四处闲逛，先是去了校门口的旧书摊，接着又去操场，然后去了图书馆，总之，无论做什么事都静不下来，干脆回寝室。

重新给手机充上电，刚一开机，就显示几十个古月打来的未接电话。

"你想怎么样，到最后还是要分手，你走吧。"王羲还在生气，接通电话大声地说道。

"你在哪儿呢？"是古月哭泣的声音，"在哪儿呢？亲爱的，听我说好吗？"

"有什么好说的，你不留在 W 城，也不跟我回 G 省，哪怕回去看一次也不行。"以前王羲多次请求她跟着他到 G 省去一趟，让她了解一下当地的生活环境，再做决定，她始终也不答应，说自己不想去 G 省。

说完，他就挂断电话，接着，一个又一个的电话打来。处在愤怒中的王羲心里很不是滋味，干脆挂断关上机，其实他一下也不知道该怎么办才好。

人的感情很奇怪，有时，在理智和平等的情况下分手，痛苦没那么深。一旦被欺骗，不公平的愤怒油然而生。王羲一想，还是忍着痛彻底分开吧。

当晚，他打开电脑，一登上 QQ，看到古月发来好多信息。

在王羲眼里，古月单纯而快乐，一直都因聪明和漂亮而自信，她学习起来，比王羲轻松，经常晚上看书看到很晚，所以她早上总是醒得晚，为了不被打扰，总喜欢醒来才开机。她写论文的质量经常比王羲好。张老师说过，王羲偏感性，头脑灵活，而古月理智，做事比较有条理，两人在一起，刚好互补。也正因为这样，王羲才爱上她的。

古月说过，她想要的只是一场浪漫的校园爱情，这一场爱情持续的时间越长越好。可当她面对着现实的残酷，她母亲的病，逐渐衰老的父亲，她无法接受这一切。虽然她爱王翥，可他也有父母需要照顾。她理想中的爱在一天天的现实折磨中变得缥缈起来，每当她需要生活费的时候，她不忍心向父母张口，但也无能为力。

王翥那里，他想要的不仅仅是爱情过程，还有爱情的结果。他不想再虚度年华，人应该为自己的每一个选择承担责任，他总这样告诫自己。当他选择古月以后，义无反顾地尽到一个男友的责任，逐渐将整个心灵给予古月，虽然这样做是痛苦的，但还是做到了。现在他要一下狠狠地抽离出来，也是痛苦的，但他没有更好的办法了。

失败的爱情是一根刺，扎得越久越疼，拔得越快也越疼。

在这场恋爱中，他有两个选择：要么他死死坚守，要么彻底放开。他煎熬不起，越这样下去，付出的感情越多，最后分开的时候伤害就越深。还是分吧，虽然内心无比的痛。

他在 QQ 上给她留言："我理解你的难处，你的心酸，我的爱。我爱你爱得发疯、发狂，我在爱情中，我几乎成了你，我爱你，我把你当作我生命的一部分，已经成为一种习惯，每当我空下来，我脑子里全是你。但现实总是那么的残酷，这一幕今天总算到来了。一天天的担心和恐惧总算到来了，它静默地站在我面前，说我不再跟随你了，现在你自由了。我不停地反问自己，我自由吗？在我的心里，你是我的爱，永远有一块神圣不可侵犯的灵魂之地属于我们两个人，这是我努力缔造的祭坛，那上面有每一个值得我们纪念的日子。"

王翥把他们恋爱以来每一个值得纪念的日子都记录下来。哪一天他们认识，哪一天开始恋爱，哪一天两人第一次吵嘴，哪一天他让古月成为他的女人……他告诉古月，这样日积月累，等他们 60 岁的时候，他会翻出他的记录本，慢慢地述说他们的过去，每一天都值得纪念，都充满意义。

这是一部属于他们爱情的史诗。

"我怎能忘掉你，你感觉不出我的爱吗？我的爱人，从圣诞节到现在，你属于我，我属于你，我们是自由的，没有束缚。我能说什么呢，除了说爱你，还是爱你。道一声珍重……"

本以为两人和平分手，事情就那样过去了。在吃饭和打水时碰见，他和古月也只是笑一笑，甚至强忍着痛苦漠视着走开。这样的时候，王纛和古月都渴望对方能张开双臂说："我们永远在一起。你看我心中对你的思念，是无限的。"

他们彼此在恋爱中养成的习惯，已成为一种生活方式。一下失去，常常感到茫然失措。每天从睁眼到闭眼，脑中都是对方的影子。

或许，习惯让人感觉存在是合理的。

她家里的情况她很清楚，的确需要她早早支撑起这个家。跟着牛士琦，物质的问题暂时可以解决，而且从现实的角度看，两人更适合，她的寂寞慢慢地在和牛士琦的联系中打发掉。王纛在她心中的位置慢慢地改变。当她寂寞想王纛的时候，恰巧对方给自己发来短信或者打来电话。

那段时间因为学习的事，他们彼此也给对方打过电话、发过短信，两人的语气如冬天的厚冰，干脆而寒冷。每次接通电话说完事，对方总是说"没什么事我就挂了"，其实彼此都在等待，渴望对方陪自己多说几句。可是这时的爱总说不出口。

王纛努力将自己沉浸在繁忙的生活中，以消磨掉内心那种孤独和空虚。他每一天又开始跑步、写作。

# 十一

*若爱她，让你的爱像阳光一样包围她，并且给她自由。*

——泰戈尔

一个礼拜以后，一天中午，王矗正要睡午觉，接到古月的电话。

"什么事？我要睡午觉。"

"我的月经还不来，早上还呕吐了。"

"嗯？真的还是假的。"

"真的。"

"呕吐，或许是你经常不吃早饭的缘故吧！"

"我不知道啊，有可能是怀孕了呢。"电话那头的古月的声音听上去有些焦虑，"上月就没来。"

"不会的啊，每次都做防护措施了的。"

"我在网上查过了，我的症状很像怀孕了，而且处理不好可能终身不孕。"

"不可能。"王矗说得有些犹豫。可万一中了该咋办？万一终身不孕又该咋办？万一……王矗的困意一下全无，感觉欠古月太多。

"我们马上到医院检查。"

"怎么去啊？丢死人了。无论怎么样你要对我负责，如果怀孕了，你一定要找最好的方式解决。"

"你等我一下，我在网上查查，看附近哪家医院好。"王矗一下忘记他们已经分手，用处于恋爱状态的语气说。

"你笨啊，万一碰见熟人该咋办，还是去专门的女子医院好。况且校门口那么多人。"

"那么多人，谁知道你去医院检查啊?"

"那等几天看嘛! 或许没有那么严重呢，你过来陪陪我好吗? 我好害怕。"

"还是你过来吧，黄军不在。"

"你到我楼下接我嘛。"古月又在电话那头撒起娇来。

一想到连自己心爱的女人都保护不了，王翥不断自责，他感到无比的愧疚，牛士琦的事从他心里一掠而过，但觉得这是他应该去承担的责任。

赶紧跳下床，穿着拖鞋就到古月的楼下。

古月仍穿着那条新买的裙子和高跟鞋，还戴了一顶太阳帽。飘逸的长发在微风中飞舞。一出楼门，她就拉住王翥的胳膊，脸上的笑容可掬。

"真的还是假的?"看古月的神态，一点没有恐慌感，在回王翥寝室的路上，王翥问道。

"人家想你嘛。"古月有些害羞地望着王翥，"确实月经也没来，今早上呕吐了。"

古月的神态让王翥焦虑的心放宽了一些，他仿佛一下找到了男人的自信，心中忽然又燃起了希望。

"你笑什么啊，人家说的实话。"

"万一中了，我就当爸爸了，还不高兴啊，那你就生下来吧，我也不准备考博了。反正最后一年我们也没有课了，就一篇毕业论文，小 case，我就开始找工作挣钱养你。另外，不是还有差不多一年才生宝宝吗? 你也可以把论文完成啊。"

"你想得太美了吧? 我爸爸知道了一定会打死我的。可能马上就跑到 W 城把我接走，书也不让我读了。简直烦死了，烦死了! 孩子生下来咋办呢? 房子也没有住的，光奶粉就累得你够呛，现在养宝宝谁还敢用国产奶粉啊?"

"我回家把属于我的一亩三分地种上玉米，让他(她)吃纯天然食品。”

“到这时候还开玩笑。亏你还是男人，对人家一点也不负责。我真是瞎了眼，爱上你。”

“我说下午去，你不是说等几天吗？”

“等我有点心理准备嘛，人家好害怕。”

“别急，没那么幸运的，或许就是你老不爱吃早餐的缘故，从读研以来你就几乎没吃过早餐。”

“都怪你，都怪你。”

“怎么怪我啦？”

“你不给我买啊！”

“我怎么给你买啊？上课的时候还好说，不上课的时候，你总是睡到自然醒才开机。我不知跟你说过多少次，让你早上起来吃早餐，你就是不听。”王矗谈起这事就有些恼火，“现在怪我啦。”

“好了，从明天起开始吃早餐。”

这一下说到古月的弱点，她感到不平。她左手挽着王矗的右胳膊，右手捏成拳头不停捶打着王矗的手臂，她打了几下还不过瘾，恨恨咬了一下他的右肩，隐藏近十天的爱让她咬得比平时更狠一些。

“哎哟，注意一点形象。”王矗疼得大声说，刚好一个音乐系的朋友从他们的身边经过，他们俩都认识，以前还一起吃过饭，他边走边笑说：“打是亲，咬是爱。”说得两人都不好意思。

两人心里装着各自的忧愁，王矗又忧又喜，万一怀上孩子，古月说不定就跟定自己了，也说不定还可以把孩子生下来。他的一位大学同学和她男朋友是在考上研后结的婚，结婚后在同一个城市读研，上学一年后休学回家生宝宝。忧的是，现在的确有些为难，双方都没见过父母，在古月那里，孩子是肯定不能要的，做她的思想工作很困难。

古月害怕真是怀上了，的确是一个问题。她完全拿不定主意，眼前这个男人真的靠得住吗？能将自己的一生托付给他吗？她父母如果知道了这事，她肯定会挨批评的。她父母都不知道两个人在一起这么久了。她父亲脾气那么暴躁，她和牛士琦交往是父母都默许的。但古月转念一想，或许根本没中呢，还是等几天吧，以前就经常月经不调。

两人还是一说一笑就到了王蠹的寝室。

"才几天，看你邋遢成这个样子。"

"男人嘛，凌乱美。况且我放得好好的，别乱动，我看的书我自己知道放在哪里，你反而给我添乱了。"王蠹坐在黄军的椅子上，转动着。尽管说不要古月整理，但还是没有阻挡她。

"我说我们还是去检查一下吧！"其实一听古月说可能是怀孕了，王蠹就一直担心不已，万一真中了该咋办，玩笑归玩笑。

"等几天吧。本来上个周就该来月经的，还不来，好几天了，上个月就没来。毒素积在体内排不出去，你看我脸上都长疮了。"

"那是青春痘。"

"哪是啊。"

一聊起这事，王蠹内心还是无比的恐惧。一想到让她在三个月内吃了五次避孕药，内心无比愧疚。

"等三天吧，还不来，我们就去医院检查，好不好？"

"算了，下午就去。我上网查一查 W 城的女子医院哪家好。"王蠹说着将椅子移过来，打开电脑，赶紧在网上咨询。

王蠹假称自己的妻子有怀孕的迹象，并把古月的现状跟对方说了下。

那面说："很有可能是怀孕，还有可能是宫外孕。"

"宫外孕？"王蠹和坐在身边的古月都吓傻了。

啊！太可怕了，宫外孕一来不能留下孩子，二来流产的话危险性极大，有很大的生命危险。王蠹有些惊愕。

"咋办啦？假如是那样的话，我一辈子都不会原谅你。"古月焦虑起来。

"那我们现在就挂上号。"

"哪行啦！人家还这么年轻。"古月害怕得哭起来。

"哪有什么办法，早一点检查出来总比迟一点好。"王矗不顾古月的反对，在网上挂了第二天上午十一点的号。

一想到刚才医生说的那些可怕事情，以及最近古月的身体反应。两人的担心开始加重。他们以前虽说听过宫外孕，但没有具体了解过。不了解不知道，一了解真是吓一跳。

王矗恨不得马上就带古月去检查，不管结果好坏，总比等待着，心里受着煎熬好些。结果早点出来该多好，可还是要等到第二天，两人着急得不行，做事也没心情，干脆订了两张电影票，两人去电影院看电影。

看完电影，逛了一会儿街，差不多晚上十二点了。两人就在外订了一间房。

第二天早上，两人起了床。洗漱的时候，王矗边照镜子边说："亲爱的，我没带剃须刀，胡子拉茬的，怎么好呢？"

"看你像小白脸似的，正好增加一些老气。"古月说，"唉，我也没带补水什么的。"

"那我们还是回学校一趟再去吧。"

下楼的时候，古月非得让王矗背。

"老子晚上伺候你，白天还要伺候你。"

"小声点。"听见楼下有人上楼的声音，古月提醒王矗。她接着说，"背不背，不背我就不走。"古月作势要坐到楼梯上。

"好！好！好！"王矗走下一级楼梯，背起古月，从三楼一直背到一楼，出了宾馆才放下。

到医院，拿上号，不管三七二十一。医院要求先在指定的卡上充上 2000 元。到了主治医生办公室，医生什么也没问，就吩咐去血检、尿检、拍彩超……最后王矗和古月将几样检查结果都交到主治医生那里，医生才开始细细问问题。

"上一次月经时间？"

"上月没来。"古月有些紧张和害羞地回答。

"那再上一次月经时间？"

"哦，是……是上上个月的二号。"古月在心里默算一下回答道。

"性生活正不正常？"此问把两人的思绪带入昨晚发生的事情。

"正常。"

"上一次性生活什么时间？"

"头几天。"王翥抢先撒了谎。古月差点如实回答，此时她内心十分欣赏他的聪明。

"我看也没什么大碍，可能是休息不好，好好补补身体就行了。你好好照顾你爱人，看她瘦成这样。"医生对王翥说。医生其实在他们俩刚进门的时候，就看出他们还是学生，但出于尊重，还是以爱人代替妻子和女朋友的称呼，以免尴尬。

古月的确比较瘦，162厘米的身高才85斤。

"好，好。"一听没怀孕，两人顿时松了口气。王翥更是鸡吃米般点头答应。

"那吃避孕药会不会影响怀孕？"王翥追问一句。

"那当然啊。你们什么时候吃的？"

"上个月中旬。"

"哦，也可能是避孕药影响经期。不是万不得已，尽量不吃避孕药，对身体不好。"

"嗯。"

"只不过没什么大碍。你看你爱人的身体这么差，该好好补一补，健康的身体才能生健康的宝宝，多吃点补品。"

"好，谢谢医生。"

"还是给你们开点药吧。你们先去一楼付费，在二楼拿药。

拿上药后到我这里我跟你们说怎么服用。"

"好。"

拿上药单，两人走出主治医生的门，一看 1000 多块钱，吓了一跳。

进了电梯，两人都开心地笑起来。古月高兴地说："呵呵呵，幸好没中，万事大吉。"

"太坑爹了，什么臭医院。净做一些无谓的检查，比我们校医院还黑。"王羲想起他们校医院糟糕的现状，不管什么病，哪怕伤风感冒，一进去就要血检。

"总算买了一个平安，我们还是到药店买药吧，你看开的全是补品，医院的药比外面贵多了。"古月高兴地说。

"嗯，先把午饭吃了再说。"一系列检查下来，从上午十一点一直到下午两点，"好饿。"

头天网上挂号的时候，医生就督促检查不能吃早餐，王羲也只好牺牲一顿早餐陪古月，早上没吃饭，其实她也早就饿了，只是一听没怀孕的消息，高兴得忘记肚子饿的事情了。

"OK，一定好好吃一顿，我请客，你看检查花了你不少的钱。"

"你啊，真是饿死事小，失节事大。"王羲开起玩笑。

"你太恶心了。"

两人出了医院，到旁边的一家餐馆吃冒菜。

# 十二

> 我哪里是失败了几千次，我只是找出了几千种不能成功地获得爱情的方法罢了！

——（美）爱迪生

吃过饭，两人一起挤公交车到了校门口，买了一大包医生开的药。

王纛把古月送到楼下后，已经下午六点了。王纛的导师叫他去送资料，无法陪她吃晚饭，于是反复叮嘱她一定要按要求吃药，晚上回来给她打电话。

由于天有些热，王纛在送资料的途中买了一块雪糕，没想到吃了以后，胃开始疼起来。他知道，一定是胃炎又犯了。他忍着疼，送完资料，正打算回寝室吃药，就接到古月的电话。

"吃饭没？亲爱的。"

"没呢？中午吃得很饱，不是特别饿，刚才还吃了你给我买的苹果呢。"王纛知道，古月说吃得很饱，是假话，她饭量很小，就吃了一些鱼，米饭也没吃。

"哦，那饿不饿，下来吃点吧！"王纛说着，好似忘记自己的胃在疼。

"不是特别想，亲爱的，我想熬点小米粥来喝。早上起来也可以喝，小米粥养胃，每天都喝点，慢慢地就好了。"

"你早就该这样了。"

"只不过校门口的超市里没小米，要走到外面的大超市才能买到。"

"那你在寝室等我，我去给你买。哎！"

"你怎么啦？"

"我刚才吃了一块雪糕，胃炎犯了。"古月知道，王矗的胃炎一犯是什么情形。头一年冬天犯的时候，疼得他直打滚。

"那你快回寝室吃药，别去买了，明天我们一起去买。上次我给你买的药还有吧！"

"还有呢。"

"那你快去，我挂了，快啊。"

挂断电话，王矗没有直接回寝室，而是忍着疼给她买了几斤小米，还买了她中午说想吃的柠檬以及和着泡柠檬的冰糖。有好一会儿，他疼得不得不扶着路旁的路灯杆。古月打过两次电话，他都装作很好的样子。说吃了药，躺下了，在休息。

到了古月的宿舍楼下，他才拨通古月的电话。

"快到楼下来，我买回小米了。"

"你不是胃疼吗？谁叫你去买小米的？傻瓜！"古月在电话那头，有些哽咽。挂断电话就往楼下跑。

两分钟后，古月穿着睡衣出现在他面前，尽管光线暗淡，但她还是看出王矗脸色苍白，额上豆大的汗珠冒出。看他有气无力的样子，紧紧地抱着他："叫你别去，叫你回去吃药，你就不听。"几滴滚烫的泪水滴落在他的后背上。

"好了，快拿回去吧！你看你还穿着睡衣呢！胃炎死不了！"说着，将装着小米和柠檬的塑料口袋递给她。

"你等我放回去，我陪你到寝室。"

"你放心，没事！我马上就回去吃药，一见到你就好多啦。"

王矗的话，把古月逗笑了。

"你再不听话，我真走了，就不理你了。"古月撅起嘴对王矗说。

王矗回到寝室，又接到古月督促吃药的电话。于是一个在电话那头命令似的说着话，一个在这头按吩咐烧了热水吃药，躺下。天已经黑了，不眠的灯火睁开了眼。

等他稍稍好一些，便拨通古月的电话，古月告诉他已经熬好小米粥，并喝了许多，并说要给他送一碗，王矗当晚也没吃晚饭。

"还是我到你楼下吧，你穿着睡衣不方便。"

王矗爬起来，去楼下接过古月熬的粥，几大口吃完，楼门快关了，没聊几句就回了寝室。

两人在电话聊了一会儿，互相道完晚安就休息了。

第二天，王矗的胃好了，但头一天的折腾让他有些疲倦，他比平时晚起一个小时。拨古月的电话，依然处于关机状态。

"还是老样子，真是改不了的懒习惯。昨天刚去完医院，今天又是这样。"对着电话骂了一句，就去了食堂。

食堂早已没饭菜了，他不得不去校外新开的一家番茄面馆吃面。

回来的时候，他顺路去了一家户外用品店，挑了一个比较适合古月的太阳帽，钱包里的钱不够，幸好带了一张卡，可是卡上的钱也不多，只能买一样东西，也不好说自己钱不够。他一想还是给古月买帽子吧！

回到学校，拨通古月的电话，告诉她给她买了一顶太阳帽。古月恰好要到水房打水。于是，王矗在水房门口将帽子交给她，并叮嘱古月喝小米粥，等会一起吃午饭，就去图书馆了。

当天晚上，王矗在日记中写道："我不知道什么力量左右着我，让我这么做，其实自己特别想要那件背心，但还是给她买了帽子，或许这就是所谓的爱情吧。"

王矗多想就这样和古月好好地爱下去，一起去同一个城市找工作，结婚、生子，慢慢变老。

在回寝室的路上，他给他母亲打了一个电话，得知她在姐姐的照顾下，已经出院了。他父亲最近做的生意亏本了，打算不干了，回家养老。反正也是小本生意，赚不了多少钱。想着他们逐渐老去，开始需要儿女照顾。

本来他打算跟古月一起回她老家找工作，但一下打消了这个念头。

这两天来，他一直憋着一股气，他想，假如真是怀上了，自己作为男人的确应该负责任了。既然古月现在没怀上，这感情的花絮也该结束了。

于是，他拿出手机拨通古月的电话。

"今天谢谢你!"王羲还在犹豫着说不说的问题，古月先开口了。

"你怎么不说话?"

"古月，我们还是分手吧，谢谢这么久来一直陪着我。"王羲有些冷酷地说出这句话。

"不，我爱的是你。"

"现在我只是一个替代品而已。"那天到了医院的时候，古月去体检了，她留在包里的手机响起了牛士琦的电话。

王羲接通说："古月现在我怀里，你找她什么事。"随后就挂断了电话。古月的手机里，满满是古月和牛士琦的暧昧短信。

看到那几条短信，王羲差一点把她的手机都扔到窗外，把古月留在医院，一个人走掉。但考虑到万一怀孕了的话，还是自己的错，这样走掉是不是有些残忍和不负责任。

"我知道，可是我买不起去巴黎的机票啊。"牛士琦答应她假期要带她去巴黎。

"你看了我的手机?!"

"我也不知道前段时间和你是真分手还是假分手，但你不觉得你这样做很过分吗? 既然这样，这次我们就彻底分手吧。"

"我们不吵了，我很累，我放开你好不好。谢谢你陪伴我这么久。我给家里人这样说的，你是上天派到我身边的天使，但我真的不适合你，我妈妈最近也在生病，而且你这样我无法跟你走。现在，我回去的可能性也比较大，我们都好好生活行不行，不是放假了吗？你马上就可以回去见到他了。"

"假如你一开始不骗我，我也不会这样。从一开始你就不爱我，你爱的是萧玉。我过生日的那天，要不是她带着一个男的出现在餐桌上，你们就在一起了。一开始你赌气才和我在一起的，你说你对得起我吗？当时萧玉还在寝室住的时候，你每一晚和她聊天呢！你每晚安慰她，和她发短信道晚安。"

"都过去了。我说了，在爱情上是你拯救了我，是你让我懂得怎么去爱。今年以来，我怎么爱你你知道。我除了公事和她联系外，没给她发过一条短信、打过一个电话。"

"但开始呢？我一直接受不了你的过去。"

"那接受不了，我们就分手吧！到现在为止，我可是全心全意爱你的。"

"我知道啦。我的离开有我的原因，有一天你会懂的。我只有一个条件。"

"说吧！"

"分手可以，你陪我走到最后。"

"最后是什么时候？"

"等我离开学校。"

"什么时候离开学校？"王矗问。

"毕业啊！"

"可以，只不过跟我在一起的日子，你必须切断和他的联系，当着我的面告诉他并删掉他的号码。"

# 第五章

一

爱情和战争都是不择手段的。

——弗·斯梅德利

一放假，意味着又要准备下一学期的学费了。

古月的父亲打电话让她假期出去打打工，为家里减轻点负担，也可以积累一些社会经验。她妹妹的学费，还有母亲不间断的药罐子，他那只有3000多元的工资一点都不够，他们家里面早已是债台高筑。

她那瘦弱的躯体，一下感觉压力好大。

她早已跟她父亲说过最后一年的学费自己解决。可放假了，工作还没有着落。哪里去挣呢？她也在王壽的面前说，自己要挣下半年的学费。

每当这个时候，王壽就不断给她鼓励，四处给她想办法。可是她没有任何的工作经验，外面的花花世界，有时候对她而言还是很陌生，加上她脾气犟，很难找到一个合适的。好不容易找了一个给函授本科文凭的学生上课的机会，70元一节课，一天6节课，一个月的课，上五天休息半天，这样一算下来，代完课她的学费和假期生活费就够了。

可她到学校上了三四天课，觉得那些函授生素质太差，不好管，很多年龄都比她大，不听她的话，一是没成就感，七八十个学员，每节课都只有二三十个来，听课的只有三四个；二是太累，每一天上课都站着讲，上午四节，下午两节，下午上完课，还要备第二天的课，另外还要给他们改作业；三是觉得那个学校很多方面不合理，尤其是课程设置，一周上完一本书，开卷考试，完全是走过场拿文凭。于是，她跑到负责任人的办公室提了一大堆意见。

负责人和气地说："古老师，谢谢你提的意见，你的意见很好。我从教都二十多年了，很多问题很多年前就看见了，很多事情，人在江湖身不由己啊。"

"那看见了，你怎么不改啊？"古月大声地质问。

"别激动，你提的意见我会好好考虑的，现在我很忙，改天找个时间再谈这件事情好吗？"负责任人找个借口把她支开。

她天真地以为他真会找时间和她谈。等了好几天，也不见召见和接到他的电话。

她把这件事告诉了王蠹。

王蠹说："你刚去人家那里，就提一大堆意见，谁愿意听你的呢？问题很多人都看见了，本来就是走过场，假如真要谈认真二字，函授生中有绝大部分就不会成为你的学生了。既然规则是那样，你就顺从吧。你刚教书就看见问题所在，人家教了几十年书能没发现吗？很多事情得慢慢来。比如说腐败，现在连普通百姓都知道腐败严重，甚至幼儿园的孩子都学会给老师送礼，就别说你堂堂的研究生了。少提意见，多踏踏实实做事，别昧着自己的良心做事就行了。"

"什么都听领导和上级的，天天读书，读来干嘛啊！你们这些人，看到问题不去改变，只知一味顺从，如何能改变现状。"古月很气愤地说了一大堆。

"哪个教书的不苦啊,那些函授的学员,还有其他女老师不是一样地跟你在一个环境里面吗?"

"反正就是不想教书,不想吃苦,我为啥要吃苦啊?跟着你就是这么狼狈,连去旅游的机会也不给人家。"古月抱怨道。她看见好多人假期里都去旅游了,很羡慕。本来他们俩也打算假期去旅游的,看病、买药下来,两人的积蓄都花得差不多了。

初去时她天天给王矗打电话诉苦:天热,蚊子又多,晚上休息也不好,而且宾馆和学校之间有一段十来分钟的路程,坐公交也不方便,每天都得顶着火辣辣的太阳,自己很快会晒成一个老太婆。

上了一个礼拜的课,她硬是不做了,要回学校,说是再去京都找找机会,她的一个邻居在一家中央直管的媒体工作,她想去做实习编辑,今后看能不能通过关系留在那里,要王矗去替她上课。因函授点需要有人上古月的那门课,王矗刚好专业对口,而且工资也不算低。幸好那个负责人和王矗的导师比较熟,王矗通过导师,一说就同意了。

王矗也正在他师哥工作的报社做实习编辑。那家报社刚好要招人,王矗打算先去混个脸熟,要是能留下来,今后也让古月去那家报社当记者,要是留不下来,也算有些工作经验,眼下这样王矗不得不放弃这个机会。

古月也跟他说,万一她留在京都,找机会也让王矗去她实习的那家媒体做记者。

时间紧迫,王矗从 W 城直接坐汽车去上课的地方,古月从上课的地方坐汽车回 W 市。一回 W 市,她告诉王矗,她已经订了火车票,赶往京都实习。

两人没有时间见面。

这时牛士琦休公休假,打算到 J 省来旅行。

她告诉王矗自己已经在京都了。

牛士琦到 W 城的时候是上午。

一到不久，就让古月去他住的宾馆。牛士琦一米八的个儿，偏瘦，三十岁了看起来却只有二十六七的样子，戴一副眼镜，有些斯文。在电话中，她已感觉出他的涵养和学识。以前他们只是通过电话，在网上看过彼此的照片，没见过面，这次见面打消她以前对公务员的一些看法：往往公务员肚子的大小和工作的年限成正比。

宾馆房间华丽的装饰古月长这么大从来没有享受过。那些体贴的服务员，随叫随到；汉白玉雕琢的浴缸，质地细腻而柔滑；吃饭时，几百元一碗的燕窝，餐厅中响起的古典音乐……种种美好是她以前在青春剧中经常看到的场景，她如梦般地享受着这种属于女人情怀的浪漫。

她想也没想到，前几天还在为一天挣 400 多块钱而起早贪黑，冒着酷暑，拼命地卖着嘴皮子，当晚就像进入人间仙境一样。看着胳膊上的蚊子疙瘩，想着王纛的现状，心里说不出的滋味。同样是爱情，差距怎么这么大呢？她不禁问自己。她想了很多，一碗燕窝的价格，都比她一天赚的工资高很多。最重要的是，以前她只能远远张望的服装店里的衣服，牛士琦一下花好几千块钱买了两套。她想，这两套裙子可是自己一年的学费啊。

玩到快凌晨的时候，古月有些疲乏了。牛士琦说："今晚就别回去了。"

"不，我要回去，明天还有事呢。"

"和尚找道士——根本没事。"两人都笑起来。

古月没有回答。她清楚，如果把牛士琦和王纛放在同一平台上来衡量，从物质的层面来讲，牛士琦要拉王纛很长一段距离。就算王纛毕业以后找到一个稳定的工作，但靠每月微薄的工资，王纛可能一辈子也无法达到牛士琦家里的水平。而且无论从长相还是气度而言，牛士琦更阳光，更适合自己的性格。古月在心里不得不承认，在和牛士琦一天一天的短信、电话、视频聊天的接触中，她对这个男人的好感一天胜似一天。

人是无法比较的，在比较中，人就失去了意义。每一个人都是独一无二的存在。但人的另一种存在意义就是选择，有选择就一定有比较，人永远就是这样的一个矛盾体，我们每一天都在选择，我们的选择又铸就了我们的独一无二。

在爱情中，古月不想做这样的比较。牛士琦和王矗两个人的出生、阅历、所受的教育程度，对人生和世界的看法都不一样，也没法在一根杠杆上找到平衡的点。

在现实的基础上，她要做出选择，她要寻求一个利益的最大化，她不得不做出选择。她不想看到王矗痛苦，她也不想在选择中受着折磨，可她并无更好的办法。

如果牛士琦没有出现在她生命里，她可能会笃定爱着王矗，和他商量着找到解决问题的办法，可是她现在有了选择，她也必须做出选择。

她曾经对王矗爱得多么的深沉，那么执着，但在现实的折磨和时间的流逝中，也逐渐变得单薄起来，并不是她不再爱了。

她对自己的选择无数次地自责。她也想将所有的情况告诉王矗，可随着和牛士琦的接触，她冥冥中似乎知道了和王矗的悲剧结局。她不想这样的结局来得太快，可是她忘记了，扎在心里的刺无论怎么拔都得疼。

她想将对王矗的爱在和牛士琦的一天天相处中消融掉，她不得不显出自私的一面。如果和牛士琦相处不好，她还有回缓的余地，她相信到时候王矗还是会包容自己的，王矗的脾性，她了解得很清楚。

可是王矗不愿看到的是她在两者之间的徘徊，受着悬崖上的普罗米修斯一样的痛。

"给我一段时间可以吗？我觉得这样做对不起王矗。也希望你尊重我，否则我们无法在一起。我们才第一次见面，我们彼此了解得太少。"古月犹豫一会儿后，她对牛士琦说。

牛士琦答应了，他将古月送到校门口，并约定两人第二天一起去旅游。

王矗刚走，古月这边就和牛士琦在一起了。每天王矗跟她打电话，她还是照常地接，她还没想好怎么和王矗说分手。王矗问她怎么还没有看见她编辑的文章，古月扯谎说自己刚去，每天就是看文章，先熟悉套路，两个月后再编稿，现在遇到一些问题，还在实习阶段。

其实，古月在每一天的旅游途中，一早把那家媒体的新闻认真读一遍，等和王矗通电话的时候，她就游刃有余地说一些问题。王矗虽说也浏览那家媒体的新闻，但更多的时候只是泛泛地读，每一天有六节课要上，还要备课，根本没有时间。

古月陪着牛士琦去了草原，一起在草原上骑马奔驰，一起摘野花，一起吃烤羊肉，一起喝牧民们刚挤出的鲜奶。虽然古月心里惦记着王矗，但还是被新鲜的生活感动着，整天都洋溢在快乐幸福中。在旅游的途中，牛士琦并没有更多地越雷池一步，每一晚两人都各自住在单间里，或许是这份尊重，感动了古月。

等到牛士琦快离开的时候，她有些犹豫要不要跟他一起回家一趟，毕竟家里人一直都希望他们两人在一起的。这半年来，家里人不知道她和王矗在一起。

"跟我回去吧！回去我帮你找工作。"牛士琦对古月说，如果她想在他们的县城工作，离父母近一点，通过他的关系，她想进哪个单位都可以。以前他的父亲是县长，刚退居二线。在市里面的话，费费周折打通关系还是可以的。

"我还没答应你呢！我要想办法挣下半年的学费呢！"古月带着女人的天真和聪明说。

"就那么点学费，这张卡上还有两万，你拿去。明天我们一起坐飞机回去，见见父母。回去你想工作的话，可以先找一个单位实习实习，如果不想，可以先玩玩再找工作。但有一个条件，你必须切断和王纛的关系，行吗？你只属于我，我养得起你。当然你想要一个工作来养活你自己也可以的。你想想吧！"

"你给我一段时间，我想一个办法和王纛说分手。"毕竟此刻她心里对王纛还有些不舍。

牛士琦二话没说就答应了。

## 二

> 我承认天底下再没有比爱情的责罚更痛苦的，也没有比服侍它更快乐的事了。
>
> ——（英）莎士比亚

在当初找工作的时候，王纛没料到上课的地方条件是那么的艰苦，难怪古月会逃走。一到天黑，蚊子就嗡嗡嗡地飞来了。在干旱地区出生的蚊子就像土匪一样，没有稳定的物质补给，饱一顿饿一顿，只要有机会，它们大吃大喝起来，一咬一个大疙瘩。更严峻的是沙尘暴，只要起风，从戈壁滩上吹来的沙尘让人无法睁开眼，王纛带的几件白色的衣服，几天下来，都变成了淡黄色。

一天上六节课。为了轻松一点，几个代课老师互相商量着怎样才能更快打发掉时间。一是板书，写一黑板让学员抄下来，这样大家都很累，但时间过得很快；二是让学员上自习，可是学员都是成人，本来就不听课，上自习的话，不到五分钟，班上的学员就开始想办法逃课，整个课堂跟大街似的，嘈杂得不成样子，这是最笨的方法；最好的办法是第三种，给学员放与所讲内容相关的电影，再结合电影内容讲解，这样两节课就过去了。王翥上的是美学课，刚好可以利用多媒体。

其实，这些方法古月在上课的时候也用到了，但是一颗要走的心，是留不住的。

在这个娱乐至死的时代，要么你被别人娱乐，要么你去娱乐别人。反正那些学员都喜欢娱乐到考试的时候。再把要考的重点透露一点给他们，加上开卷考试，考出来的成绩都很乐观，这样也给自己减轻了不少劳动量。尽管天热和有蚊子，但是授课的地方毕竟在市区，很快五天一轮的课就过去了。有时候，学员还叫上他们几个函授老师一起去喝喝酒、唱唱歌，时间过得更快。

一天刚考完试，王翥必须将刚考完的试卷改完，才能转到下一个上课地点。忙完都快十二点了，他拨古月的电话，对方处于关机状态。他估计可能是一整天都没给她发短信和打电话，她在赌气。等她气消了就好了，王翥想。

可是第二天依然拨不通，第三天早上也拨不通。

是不是出什么事了？他想可能有什么不测，但反过来一想，她在 B 城，她告诉过他，她住在亲戚家，逻辑上应该不会出现什么问题的。他整天都焦急地等待着古月的消息。上课的时候，他把手机放在讲桌上，学员的手机一响动，正在板书的他，失魂似的赶紧回头看手机，闹了不少的笑话。学员们开玩笑说："老师你女朋友的电话啊！不着急。"这个时候整个班上的学员都哈哈大笑起来。

他赶紧红着脸道歉说："学校有重要的事情，要打电话过来，所以一直在等。"

一个礼拜都没有古月的消息，这种情况还是第一次。或许，是她真的走了，他还放心一些，但王翥担心出什么事情。打电话问萧玉，让萧玉联系她，也打不通。王翥每天发几十条短信，一条也没回，一有空就拨古月的电话，可一直处于关机状态，在 QQ 上留言也没回。他有种不祥的预感。

终于，一天晚上，王蠢正在洗澡，突然手机传来短信的铃声，以前短信的提示是振动，为了更快得到古月的消息，他把提示音改成了铃声，并把音量设置为最大，头上和手上还满是洗头膏泡沫，他用浴巾擦了擦手，就冲出浴室，赶紧打开手机，一看是一个陌生号码发过来的。

"你不用陪我到最后，我们就此别过。我知道你会成就一番事业的，我等不起。你不用来找我，我是不会见你的。我爸妈也不会同意我们在一起，你不是还要考博吗？最后一年好好努力，再见，最后一次吻你。"

看完短信，他赶紧回拨发短信的号码，通了。

"我们最终不会在一起的。"古月说完，啪的一声，放下电话。她以为挂断了电话，在匆忙中，按键没有按。

电话那头传来古月和牛士琦说的情话。

此刻王蠢的心像遭受凌迟一般剧痛。他觉得这是作为男人的耻辱，是无言的嘲笑。他感觉整个世界失去了依靠，他无力跋涉在生命的轨道上，失去自尊，失去自信，这一切都发生在这个自己心爱的女人面前。

她的每一声叫喊、每一次欢笑、每一次呻吟，都像刀一样割着他的心。他像被绑在一个石柱上，无力反抗，被对方肆意伤害，他的灵魂困在肉体的囚笼中。

"滚！"他狠狠地将手机扔在地上，幸好宾馆的房间铺着地毯，不然手机早就成了几大块了。

王蠢像僵尸一样走回浴室，长长叹了一口气，用拳头捶打着贴着瓷砖的墙壁。一拳又一拳，直到瓷砖上印上红红的血迹。他忍着痛冲完澡。躺在床上，满脑子都是古月的影子。在睁眼和闭眼之间，想着过去的种种，想着他们曾经计划过的将来。

# 三

*一个经历了爱情创伤的青年，如果没有因这创伤而倒下，那就可能更坚强地在生活中站起来。*

*——路　遥*

夏夜的天空深邃，繁星如锦。在这以前，这样的夜，如果古月不在身边，王蠡会写几个诗意的句子发给古月。

那夜，注定无眠。

从浴室出来的时候，他看着地上已经散架的手机，无力地捡起，重新组装起来。重新拨古月的电话，他多么希望刚才的一切不是真实的。

对方依然处于关机状态。

他赶紧打开电脑，准备在 QQ 上联系古月。

"亲爱的，你为什么要走？"

"无论你走到哪里，我都有一只眼睛注视着你！"

"有一天你会理解我的。我们至少现在还是朋友，你好好生活吧！请不要打扰我的生活。"

显然，古月还没意识到刚才她没有将手机挂断。

古月的 QQ 很快就没有了消息，QQ 列表上也没有了古月的 QQ 图标了。

他被古月拉入了黑名单了，他建立的几个 QQ 群里也没有了古月的 QQ。

整夜，王蠡无法入眠，满脑子都是古月。他无数次拨古月的电话，以前那个号码处于停机状态，给他最近发短信的那个号码一直都是处于通话中。

王蠡狠狠地拍了一下桌子，想着种种，他痛苦得不知该怎么办。

是的，在认识古月以前，他也谈过恋爱，但那种青春的单薄的羞涩的恋情，如一颗颗青涩的果子，味道始终不够甜美。

是的，在和她谈恋爱的过程中，学会了担当和责任。

是她，一步一步让他懂得怎么去爱一个人。

是她，让他走入生活的正轨。

是她，让他改掉和谁喝酒都潇洒纵情，最后烂醉如泥的臭毛病。

是她，不断的包容，让他的性格慢慢变得不那么急躁。

是她，让他懂得爱情中应该建立平等和宽容的关系。

……

或许，她真的累了，爱够了，爱累了。他这样安慰自己："现在自己一无所有，我能给她什么呢？"

那一夜，躺在床上，王蠹感觉整个躯体都粉碎在夜里，他无法闭上眼，那种痛比刀刻的还要深，还要真切。

远处传来 KTV 里喧嚣的歌声，蔓延在空虚昏黑的夜空，声音中夹杂着欲望的味道让人感到有些呕心。

生活就这样无意义吗？他也想到了死，在那一瞬间，他感到生命的绝望。他想突破那弥漫着的空虚，还有整个城市的沉寂。

死，那就是生命的终结所在吗？或者说那就是他窥视爱情意义的结局所在吗？他手指关节上的伤口散发出的痛感还有未完全结疤的血迹，让他明白，生活的真实。

是夜，是夜的黑暗，是隔着衣服和胸膛的内心，看见了再勇敢再坚强的男人也有懦弱的一面。男人们总把这一面隐藏得很深。那是上苍为他们设置的另一个世界，那是一座属于男人的城堡，外表坚硬，里面柔弱如水。

他多么渴望天早一点亮起来，他就能将自己坚强的一面展现出来。在熙熙攘攘的人群中，孤独会悄悄地溜走。他一次又一次扭头往窗外看，除了远处的黑暗，还有慢慢平息的城市的呼吸声，他感觉不到其他的存在。

渐渐地，嘈杂的声音多起来，天开始由灰黑变成灰白，再逐渐亮起来，他和整座城市一夜无眠。

很多时候，人总是觉得自己很重要。其实世界没有自己，别人照样生活，地球照样转动。

王嚞想着，现在自己就一人，处于人生的最低处，没有爱人，没有房，没有车，没有稳定的工作。无论他往哪个方向走，都处于上升阶段。

或许，现在他已经没有退路，一个人没有退路的时候，他必须勇猛地向前，他一回头，就是绝境，会胆战心惊。

长期以来，他四处寻找一块圣地，一个能安放整个生命的圣地。人们把它这块圣地叫做理想。他苦苦寻找，一刻也没有放弃过，没有导引，没有指示，在未知的路上，他不断努力，可是像一个被遗落在平原上的盲人，出发了很久，又回到了原地。

他的父母给他的人生留下一片空白，他需要自己去填满。但他永远不知道填什么，从小学到初中，高中到大学，工作到读研究生，他一直向前，可是没有方向。

他要穿过贫困的瓶颈，要穿过迷惘的青春，然而他却两手空空。

在现实的土壤里，病痛和岁月如一辆推土机，一步步将父母推上自己肩头，推向泥土，还有太多的责任要去担当。此刻，他一无所有，真是一无所有。

要勇敢地去面对生活。

# 四

古月看完王赛发的信息，她也在问自己，该不该这么残忍，该不该这样悄声而无情地离开。她心底一直记着圣诞节那晚王赛说过的那句话："无论你走到哪里，我都有一只眼睛在注视着你。"

当王赛第一次说出那句话的时候，她感觉到无限的幸福，那时，她仿佛找到爱的归属。

然而，此刻，她感觉像是一种诅咒，一张无形的网网住了她，慢慢拉紧，让她喘不过气，快要窒息。

那只眼睛好似整个天空，逼问着，带着痛苦、原谅、宽容、愤恨、压抑、恐怖……一点点向她靠近。她坐在电脑旁，感到无比的恐惧，眼泪滚落在牛士琦给她新买的裙子上。

那只眼在一点点靠近和放大，一种无力感在心中升起。她赶紧删掉王赛的电话、QQ，一切能和他联系起来的东西都删掉。

唯一不能删除的是记忆。那里有他们经历过的一切，紧紧跟随着王赛和古月。

"怎么啦，快睡觉吧！"牛士琦从浴室出来，看见还没冲凉的古月，带着伤心凝视着电脑。

"没什么。"古月尽力避开他的眼神，转身低着头就走到卫生间。

冲完凉，回到卧室，躺在宽敞的床上，牛士琦关掉灯，轻轻地抱紧她。古月面无表情地望着天花板，完全没有愉悦。

冥冥中，她好像又看见王赛说的那只眼，幽灵般地躲在墙角，发出无言的逼问。

她内心挣扎着，她在问自己，活着究竟为啥，为了爱情吗？

为了父母？还是为了自己？没有答案。

母亲的病，妹妹的学费，逐渐老去的父母，高昂的房价……

这一切，假如跟王矗在一起，只有绝望。比如母亲的病突然发作，要十万八万，钱从哪里来，莫非眼睁睁让她等死吗？

古月家中早已债台高筑，父母把自己养这么大，还未得享半天的天伦之乐，就让他们痛苦地离开吗？

王矗深深的爱，她能感觉得到，他的爱有时候在生活面前很残酷，很无奈。她也需要王矗那种发自心底的爱。

生活还要继续。

爱是一颗流星，一划而过，时间等不起。

人活着，有时候并不是为了一个人，人是无法左右自己的命运的。善意的活着就意味着痛苦和牺牲。

此时，她心中的痛苦只有自己知道。

与王矗的点点滴滴，好似在墙角一幕幕放映，而放映的人，就是王矗。

很多时候，我们强装着欢笑，我们满口说着希望，其实内心的脆弱只有自己真真切切地懂得。虽说不是每一个人都能靠奋斗成功，但我们必须勇敢地去面对生存中的绝望和无奈，在绝望和无奈中点亮希望的孤灯，为活下去找一个正当的理由。

古月想着母亲，她那在病魔折磨下仍坚强活下去的勇气，感染着、鞭策着她。她的母亲和父亲，为了她和妹妹，耗尽青春和热血，他们的希望就是她和她的妹妹，他们从来没有正视过自己的生活，自己的存在。她必须为她母亲和家庭做些准备，哪怕牺牲自己的爱情。

爱情已经结束了。

我们永远不该放弃希望，我们是在悲剧的土壤中挣扎着向着阳光的野草和花朵。

在黑暗中，她的泪在眼眶打转，一股气憋在心中，不断膨胀。内心的折磨让她无法忍受，她努力忍着不哭出来，但内心的痛苦还在燃烧。忽地，她猛推开牛士琦，赤着身子跑向浴室，打开冰冷的水龙头，放开声哭着。

她觉得自己在犯罪，全身充满污垢。

牛士琦在床上躺着，牙根紧咬。嫉妒、包容，还有一种失落感包围着他。他理解女人的心思，他知道古月只是暂时放不下王羲。他在公务员队伍里面也混了一些年头，世事看得非常清楚。

他希望找一个有涵养、有学识，单纯如莲花般的女孩。

他身边一直不缺乏优秀、漂亮、家境和他相当的女人，但他没有选择，反而喜欢古月这样的女子。欣赏她对艺术的偏好，对事物本质的把握。

或许是在复杂的环境夹缝中，他向往着一种简单的生活。

挫折感让他心里难受，或许该给她一些时间，他安慰着自己。

# 五

一夜无眠的王羲，在城市苏醒的空虚和寂寞中挣扎着从床上起来，趿拉着鞋子，走进卫生间，对着镜子望了一下，满脸的忧伤，胡子在不眠的夜中如雨后的春笋，为了吸收养料，肆意在脸上吞噬着他的青春，充满血丝的眼睛被饱满的眼袋围着。

他咬紧牙，冲进冰冷的水中，刺骨的凉水如针一般穿过他的全身。他全身肌肉绷紧，雕塑般慢慢伸展肢体，握紧拳头，显出无限的力感，抬起头大吼一声，撕心裂肺，仿佛一个宣言，一个对青春告别的宣言，一个新的开始的宣言，一个属于男人的宣言。他看见昨晚拳头在墙上打出的血迹，他捧了一捧水，轻轻擦去。手背上的伤口痛得那么彻底，让他清楚明白自己还活着，还像一个男人一样活着。

他在内心对自己说，必须自己成全自己，强大自己。他在心中默默调整自己的人生规划，绝不能将自己十年或者二十年光阴定格在一套房子上，必须拼一拼，走出去，逃脱这一个畸形的角落。

他用剃须刀慢慢剃掉那些吸满青春血液的胡须，他从来没有这么认真过。他剃了一遍又一遍，摸了一遍又一遍。这是告别，他告诉自己。

走出卫生间，一看时间还早，他拿出日记本，郑重写下："告别了，青春！"并写下日期。

他并不怨恨古月，他很理解她的选择。只是，他没料到这一天来得这么快，不是说好两个人一起走到最后吗？既然已经没有选择，注定在前进的路上是一个人，只有孤独陪伴，那就和孤独一起走。

他走出宾馆大门，好似一个战士，一个勇猛的战士。

当天学员们和同事问他手怎么啦，他扯谎说是昨晚喝酒不小心摔跤摔的。下午放学，他拒绝了学员们和同事的邀请，静静地躲在房间里。

人活着就那么一辈子，不要总怀着改变人类命运的伟大梦想，那是属于极少部分人干的事，他只是一个普通的人，没必要那么艰苦地瞎折腾。

轻轻藏起那些痛苦的记忆，重新打开梦的匣子，召唤青春的第二季。

他不是这个世界上最无助的，他还可以养活自己，他可以去教书，可以去做记者，还可以做社会公益事业……

买不起房，还可以蜗居；买不起车，还可以坐公交。像他一样的男人，何止一个两个，简直就是千千万万。

　　他试图在现实和理想中找到平衡的点。然而，他又不想为自己留更多的退路。他说过，一个人每做一件事，都不要给自己留退路，否则注定会失败，只有全力以赴，才能找到生命的快感。

　　还有一年多的时间，很多事情都可以改变。他知道古月回头的几率几乎等于零，还不如自己搏一搏，重新调整计划。他打算代完课、写完毕业论文，到一个能让梦想之树开花的地方。

　　一年的时间有时太短，但总是在人的奋斗中发生。

　　在接下来差不多一个月的日子，王翥每一天都像打仗似的，每天上完课，吃完饭，总是匆匆赶往宾馆，把第二天的课备好，然后查资料，准备写论文。

　　城市的空虚和寂寞、贫穷和富贵、虚伪和真诚，在夜里醒来睡去，人们的生活依然是沿着原来的轨道延伸，在延伸的轨道上演绎着悲欢离合。

　　在群集的人群中，谁也没有注意到这个失恋的男人。哪怕那些每天上课的学员，几次邀请王翥，被拒绝后，他们也离他越来越远，甚至视为路人。

　　陌生的人们，在他身边匆匆地来，匆匆地去，怀着各自的心事和理想，奔波着，哭着，笑着。

　　每一个个体都像被城市遗忘，人太渺小了，我们必须从自己的心灵深处找到自己的存在方式。

　　起初的几天，他最怕夜晚降临。古月温热的躯体、爽朗的笑容，一次又一次在脑袋里浮现。无处惹相思，空留一抹泪。他也无数次拨打她的电话，电话那头总是传来一个女人"用户忙，请稍后再拨"的话语，他给她发无数的短信也没得到回复，QQ 被删。

　　爱到最后就是心死。为了减少对她的思念，他删除了古月的电话、QQ，清空了手机里面所有的短信。他把 QQ 空间里面加密码的相册也删除掉了。有时，本来是对着电脑，不知什么时候，思绪又转到和古月相关的轨道，脸有些茫然地望向漆黑的夜空。蓦然间，无言的泪滴落在键盘。在半夜，一次次从呼喊古月的名字中醒来。

在属于自己的空间里流泪是需要勇气的，因为在那独有的存在场里，每个人都最真实。很多时候，王羲总是忙碌得不知所措，甚至不知道自己为什么忙碌，不知道自己身在何处，在那个陌生的城市，连流泪的机会和地方也没有。

时间是冬天不断加厚的冰层，它会逐渐将关于你的往事冷冻，沉入心底。

在那近一个月的时间里，王羲成熟了很多。他在人群中的话语明显减少。以前，大家在一起，他总要将说话的主动权掌握在自己的手里，慢慢地他不愿跟人们争论了，沉浸在自己忙碌的世界里。

古月哭着笑着嗔怒着的脸在梦中出现的次数越来越少。有时候，他想努力回想起她的脸，却无论如何也想不起来。

古月成为一个符号，一个关于过去的符号，一个关于爱情的符号，一个关于生命的符号，一个关于存在的符号。

# 六

从开始到结束，就一句话：无论你到哪里，我都有一只眼睛在注视着你。

当她第一次听到这句话的时候，那一刻，她觉得自己是一位君王。她站在高高的城堡上，下面全是自己的臣民，她望着远方的疆土说："看！这些都是我的。"

王翥是她乖顺的臣民，他自愿承认他拜倒在她的柔媚中，拜倒在她肉体的囚笼困着的高傲的灵魂下。

她是王者，她是爱的王者。

王翥将自己的心呈递在她的面前，虔诚地说："我的爱属于你，我是你的，你是我的王。"她感到无比的欣慰，在自己独处的时候，在一个个孤独的夜晚，她时常回忆起这句话，把它作为箴言，抗拒孤独的护身符。

他是她的私品，爱的私品。

古月说，在爱情中，从来都不是谁去占有谁，而是建立一种关系，好似音乐剧《小王子》里的一句话："要是你想和我玩，你就必须驯养我，耐心地建立关系，使彼此之间开始心存依恋。可是要是你驯养了我，我们将会彼此需要，你对我而言将是世界上独一无二的，我对你而言也是世界上唯一的。"

彼此的存在是一种需要关系的建立，需要不是互相利用，而是互相真诚地付出。有对方，你存在着。小王子和小狐狸的友谊由此开始。因为互相驯养成为生命里的唯一，真实的爱情都是独一无二的。

她记得，在圣诞节那夜，她紧紧抓住他的手不放，甚至他要上厕所，她也撒着娇说要他陪在自己的身边，一刻也不能离开。她枕在他的手臂上，蹬着脚丫，像一个小姑娘般地嬉笑着。

王鼇一离开她的怀抱，她就有些歇斯底里地叫着。

当他有些微冷的身体贴着她滚烫的大腿，她感受到了火与冰的张力。

当这场爱情在形式上结束的时候，或者说帷幕慢慢合拢的时候，当她再次回忆起那句话的时候，她问自己：难道这就是爱情的密码，她无法破解的密码。

当她读完短信的那一刻，她突然明白，王鼇才是这场游戏规则的制定者。那句话时刻都牵连着他和她，使她无法忘怀。

想到眼睛，或者身边有人将眼睛这个词作为主题的时候，她就不由自主地想到王鼇，难道这就是爱吗？

她说不清，什么才是爱。

在这场感情的游戏中，王鼇才是真正的操纵者，如果不更改规则，无论如何，她也扭转不了失败的局面，甚至和平的结果她也争取不到。她感到无比的恐慌，从未有过的恐惧在心里升起。

在前一瞬间，她还在快感中迷醉。

当她从迷醉中清醒过来，她觉得整个世界好陌生：身边的躯体以及无法放下的王鼇仿佛处在不同的世界。

在这种清醒中，她认识到：从此，她和王鼇的生命轨道，便没有了交集。她的隐私在那只眼中暴露，与远隔几千里的那个男人牵连，而那个男人曾经如此熟悉，现在逐渐变得陌生起来。她好像被展演，在大庭广众之下，衣服被剥光，将身体和生命的秘密呈现于众目睽睽之下。

# 七

生命中有很多东西，能忘掉的叫过去，忘不掉的叫记忆。
一个人的寂寞，有时候，很难隐藏得太久，时间太久了，人就会
变得沉默，那时候，有些往日的情怀，就找不回来了。或许，当
一段不知疲倦的旅途结束，只有站在终点的人，才会感觉到累。
其实我一直都明白，能一直和一人做伴，实属不易。

——海　子

王翥近一个月的代课生涯终于结束了。虽说他在忙碌的工
作中，暂时忘却一些痛，但他还是没有完全走出失恋，他不想
回到学校，害怕那个给他留下美好记忆的地方，会把他再一次
带入痛苦的深渊。

代课一结束，他一个人背着包，旅游了近一个月。在那一
个月，他放纵地让胡须疯长，他从一个地方辗转另一个地方。
他偶尔在一个城市的书市买回一本书，躺在宾馆看完，到了下
一个景点的时候，他在书上写上祝福的话语，将之留在人群密
集的地方，然后悄悄离开。

他完全沉浸在一个人的世界里，每一天面对的都是陌生的
面孔。

很多人，就见那一面，你永远不会再见；有的人，在亿万
人群中，却会偶然走在一起相爱。

或许，这就是人生：匆匆地来，匆匆地去。

有一次，他坐上汽车，准备到另一个城市。途中，车正在
穿越一个峡谷。透过车窗，他看见谷底有很细的小溪流过，溪
边长满了芦苇，峡谷两边是红色的山峦，头顶的天空没有一丝
云彩，仿佛温吞吞的蓝色的火焰在燃烧。

起初，他有些呆呆地无声地瞧着窗外。

在那一瞬间，如玉融化后的溪水，直面阳光折射出的灵光，触及到了生命的内核。

他执意让司机停车，车上很多人都觉得不可思议，劝他不要冒险。那个峡谷离有人烟的地方三百多公里，他不顾反对。他考虑过每一天都有汽车经过，自己可以搭车到下一个城市。为了让大家放心，他坚持说自己出事不关司机的事，而且让一车的人担保作证，一定不会找司机的麻烦。司机初时没停下，他再三请求，并写下保证书交给司机。

在他的再三央求下，司机停下来，让他下了车，他将自己留在峡谷中。

其实，说是峡谷，谷两边的山并不高，斜坡的长度只有两百米。由于常年干旱，除了谷底的芦苇和一些杂草，四处一片荒芜，一棵草也不见。长期的风吹日晒，将山顶上的岩土风化成细细的流沙，一直滑落到谷底，形成壮观的沙瀑，像一块柔软的丝绸，斜斜铺在坡上，显出斑斓的色彩。

公路所在的山峦山势稍微陡峭一些，但不影响走下谷底。

王羲背着包走至谷底，饱饱地喝了一口溪水，并将水壶灌满，隐没在芦苇丛中，放下行李，清理一下自己的物件。他估计了一下自己带的食物，节约一点，水果和干粮还够吃上四五天。

他决定在那里住上一阵子。下定决心后，他沿着谷底慢慢往前走，那样距公路会远些。他找了一块凹形的大石头，石头下面容得下一个人和放置行李。

王羲行李不多，就是一台电脑和几件换洗衣服，还有几本书和干粮。他将大石头下面的碎石弄开，用一个塑料口袋从山坡上提来细沙，铺在地上，接着用随身带的水果刀割了一大捆芦苇作为垫子，这样睡起来柔软而清凉。将一切弄好后，他躺下，枕着胳膊，望着打在山峦上柔嫩的阳光，和还在继续燃烧的蓝色天空，长长地叹了一口气，带着疲倦的身体进入梦乡。

那张熟悉的脸，或许也会慢慢变得模糊，只会留下一个符号。他不知道自己是在逃离世界还是赤裸裸地向它靠近。

代课结束后的半个月的旅程，让他离自己的内心更近了。

为了让父母放心，在出发的那一天，他就告诉父母，自己要出门一趟，联系不方便，等他回学校再联系。

于是，他干脆关掉手机，其实本来那里也没信号，逃离那个曾经熟悉的世界，逃离经常问候的朋友，逃离曾经彼此爱过却早已为人妇的初恋，逃离那些无聊的社交，逃离跟古月刻骨的爱和痛……

等他醒来，睁开眼睛，天空依然在燃烧着，蓝色的火焰更加的肃穆，阳光早已撤出谷底，淙淙的溪水发出玲珑的乐声，白花花的浪花像玉融化后在翻滚着，发出微微的问候，山顶上只余红色的晚霞。

没有大海的波澜，也没有江南的婉转青山；没有俊秀的浣纱姑娘，也没有健壮的康巴大汉；没有都市的车水马龙，也没有秦楼楚馆的浓妆艳抹。这里远离了尘世的是非恩怨，有的只是虔诚，有的只是一个回归自然的善良者的灵魂。

王蠢爬起来，望了一眼不远处的山顶，取出一本随身带的纪伯伦的《先知》，踩着柔柔的细沙，爬了上去。可能是快天黑的缘故，进谷的路已经封锁，对面公路上已经没有汽车在穿行，四周一片静谧。

太阳已经落下了远方的山头，从山的那一边射出几束光线，穿过那些像是被打乱的一抹一抹的云朵，在无限深远的天空飘着。在云彩和山头交接的地方，一些蜃气升起，把山头和天空连接起来，显得朦胧、神秘。

这不是我苦苦寻找的乐土吗？王蠢在内心回应着自己。他将双手伸向深邃的天空，虔诚地，仰起头，跪下，大声呼喊。

喊声中带着爱的欢悦和爱的痛苦，带着生命的苦难和幸福，声音像是一阵呜咽的朔风，长长地，在山谷穿梭。

那一刻没有孤独，有的只是存在。

他的声音像是在召唤，召唤着黑夜的降临。当他停下来时，泪已经沾湿了脸庞。曾经好多次，他想哭，在茫茫的人海，连一个洁净的能让人痛痛快快哭一场的地方也没有。此刻，他把自己最脆弱的一面留给了自然。

面对着如祈祷着的教徒般的一座座山峦，他长久地跪着，停止了哭喊，望着夜幕下的山峦在黑夜中彰显出圣洁的魅影。

他想着萧玉，一直爱着自己却不能给她一点回馈。他已经很久没有她的消息了，这半年来几乎把她忘却了。他不敢联系她，他觉得自己已经卑微到无法靠近她，在她最困难的时候，却没有走进她的心灵，而他是能够做的却没有去做。

记得读研刚开学第一周周末，忧郁的王矗一个人去和摄影俱乐部的摄影老师家喝酒，喝得烂醉如泥，萧玉接到电话后立刻打的去把他接回来。一路上，王矗吐得她满身污秽。到寝室后黄军不在寝室，萧玉一个人给他换了衣服，还帮他洗干净。王矗醉得实在太厉害，一直在吐，萧玉害怕出事，照顾了他一夜。

王矗胃炎发作的那次，寝室的楼门已经锁了。古月接到消息后，无计可施，是萧玉拉着古月，忍耐着宿管阿姨的批评离开宿舍楼，踩着一尺多深的积雪，冒着严寒，去给王矗买药。王矗觉得他不配拥有萧玉的爱。

他想着古月，他曾经以为能给她一种负责人的爱。他努力了，却没有一个好的结果。

他默默地求乞着自然的宽恕，默默地为还活着的生命祈祷。

在这里，他放下心灵沉重的包袱，随着夜色的加深，皎洁的月光洒在大地上，他一步步靠近自己，听自己在诉说。他的影子拉长了，在山谷另一边的山峦上，静静地留下踪迹，像一座雕塑。

不知跪了多久，他睁着眼，缓缓躺下。

是夜，他将自己完全地打开，沉浸在一个人的世界。

他望着天上的上弦月，和它周围不断滚动的云朵。他觉得月亮像一把肃穆的琴，悬挂在天边，犹如爱人的脸，发出温暖的问候。他忘记了曾经何时有过这样的时刻，或许从来就没有存在过。他只觉得等待了许久，忘记了多少个时辰，忘记了有多少个日子，他和月亮才如此亲切地相遇。

那夜，他带着初恋的期待和许诺，才等来静夜中的一次邂逅。在夜幕中，山峦的远处，地平线睁开了眼，在那淡淡的月光中，有一张脸，在微笑中老去。

他渐渐地明白，世上的一切其实都还是那么的美好，只是自己的心变了。

他忘记了时间，把自己融入了自然。夏天的夜晚不是很冷，他爬上山顶的时候就穿着两件衣服，还带上了水果刀，虽说在那样的地方没有野兽出没，但他还是习惯地带上了。没有些许的恐惧，在夜的怀抱中躺着，像一颗身下的石子，静静地，没有一丝的声响。

月光平等地分享着它的光芒，保护着他。过了许久，当睡意再一次袭来的时候，他走到不远处的沙漠中，用沙子将自己掩盖住，露出一个头，用衣服掩盖住，进入了梦乡。

他享受着寂静，享受着生命，享受着自然的馈赠。这是他出生以来最静的一夜。第二天，被暖暖的不断加温的阳光唤醒，居然一夜无梦。他站起来，抖了抖身上的沙子，揉了揉被石子硌疼的部位，伸了伸懒腰，长久以来的疲倦消失了，快速跑上山顶，再一次伸出双手，仰望着太阳，放声呼喊，声音中带着希望和勇气，没有泪水和悲伤。他呼喊后，四周又一次陷入寂

静。他看见昨晚留在山顶上的纪伯伦的诗集。他坐下来，打开
诗集，放声读起来：

　　当爱挥手召唤你们时，跟随着他，
　　尽管他的道路艰难而险峻。
　　当他展翼拥抱你们时，依顺着他，
　　尽管他羽翼中的利刃会伤害你们。
　　当他对你们说话时，要相信他，
　　尽管他的声音会击碎你的梦，像狂风尽扫园中的花。
　　……
　　爱除了自身别无所予，除了自身别无所取。
　　爱不占有，也不被占有；
　　因为爱有了自己就足够了。
　　当你爱了，你不应说"上帝在我心中"，而应说"我在上帝
心中"。
　　别以为你可以指引爱的方向，因为爱，如果他认为你配，
将指引你的方向。
　　爱别无他求，只求成全自己。
　　但如果你爱了，又必定有所渴求，那就让这些成为你的所
求吧：
　　融化为一道奔流的溪水，在夜晚吟唱自己的清曲。
　　……

　　读着这些惬意的文字，每一个字都像从自己的灵魂中跳出。
这不正是这一天来自己所有灵魂的路迹吗？那一刻，他感觉到
一种释然。但心中还有很多未解决的难题困扰着他，他打算在
这里隐居几日，再回到尘世，回到那个熟悉的地方。
　　他在山顶上读了一遍又一遍，直到感觉灼热的太阳实在刺眼

的时候，他才站起来，准备回到自己头一天做的"窝"的地方。当他回过头望着山峦中间的公路时，路上已经陆续有车在穿行。

他回到谷底，用冰凉的溪水洗了一把脸，喝了一口清水，接着走到大石头前。放下书，拿出苹果，捡了最大的一个洗净，加上一袋牛奶，算是早餐。

他不愿看时间。他将自己的行李藏起来，端坐在大石头下。

他打算过一段不需要时间的日子，忍受着饥饿，睡意来的时候，他就地躺下，醒来的时候，继续端坐，不得不方便的时候，他才走到几米远的地方方便。方便完，喝一点水，又继续端坐。

他真不知道时间过了多久，自己睡了多久。

或许是一天，或许是一夜。

只是摸着脸上胡子的时候，感觉一次比一次长。

当他觉得自己有足够的勇气再次面对曾经的种种的时候，他打开没有信号的手机，已是一个礼拜过去了。他将自己彻底整理一番，刮掉了疯长的胡子，换了干净的衣服。

收拾好行李，望了望周围的一切，背着包爬上公路，拦了一辆进城的车。

他觉得，他带回到尘世的是一个接受过自然洗礼的灵魂。

# 八

> 一生至少该有一次，为了某个人而忘了自己，不求有结果，不求同行，不求曾经拥有，甚至不求你爱我，只求在我最美的年华里，遇到你。
>
> ——徐志摩

看着那熟悉的一切，寝室的花草、衣柜中古月给他买的每一件衣服、图书馆、食堂、操场、校园方圆一公里内熟悉的餐馆……无一不烙上古月的影子。只是当他想起的时候，脸上的表情是那么的平淡，内心也不再狂热。

他明白一场轰轰烈烈的恋爱是人格完善必不可少的必修课。

每一个人都应该有新的生活，去追求幸福，唯有好好的生活，才对得起萧玉和古月，这是对她们的尊重。

离毕业还有两年的时间，但到了研二，他的课几乎都是他导师的。王矗很清楚，他导师很忙，是不会给他上课的，只要在期末的时候交学科论文就可以了。在代课的时候，他就将基础工作做完了，最多花一个月时间，就能写完。他打算将研三的一年用来写毕业论文和找工作。

他想暂时换一个环境，一个可以阅读而又充满爱而自由的地方。正好一个在 G 省的朋友在做关于乡村教育的公益活动，需要自愿者，工作不是很复杂，就是在乡村建立图书馆，负责图书馆日常的工作。空余时间很多，刚好可以用来看书、写论文、学英语，他在那个地方很自由。

离开学也就只有十来天，王矗想等开学后，将学费交了再去。他也刚好可以利用十来天的时间补充搜集一些论文的资料。

放假以后，留校的学生很少。偶尔碰见熟悉的人，几乎都是留下来打工挣生活费或者学费的，有时他们会问起古月。在整个校园中，只要认识他们的人都知道，他们一起吃饭，打水，一起在校园里面散步，这些早已为人们熟知。这时候，王矗只是说，回家了。

他和黄军喝了一次酒。得知家中为了他的两个女人，差不多倾家荡产，最后那两个女人以及他真正的女友都离开了。经此一事，黄军决心痛改前非，他也打算好好读书，去考博。

其实王矗最想见的是萧玉。自案件发生以来，他很少见到她。

萧玉请的律师，是当时她和王矗在摄影俱乐部认识的，出于朋友关系，答应免费为他们打官司。

第二年的三月十五日。在他们开学不久,郭强一伙在铁证面前无力反抗,最后郭强被判了十三年。周华熙被双规,并查出贪污 30 万元、受贿 25 万元,金额都不大,判了十二年,徐娜被判五年。后来据了解,徐娜家庭条件也不是很好,平时大手花的钱都是出自周华熙那里。

案子结束以后,萧玉就在外面找了一个文秘工作,并住在单位。平时学校有课或者有要紧的事的时候,才回学校一趟,回来的时候也没见着面。

他不知道她现在过得怎么样,尤其她的生活状况,只是偶尔听古月谈起过。作为一路走来的室友,她们经常联系着。王矗也不敢多问,害怕敏感的古月生气。

他给她打电话,说自己回来了,并要回省会了,想一起吃饭。

吃饭的地点是在一家鱼馆子。萧玉喜欢吃鱼,两人约好在校门口见面后再一起去餐馆。

见面的时候,王矗先为她准备了一瓶饮料。萧玉将头发挽成一个蝴蝶髻,一副深红色的宽边眼镜,穿着一件黑白套装,一双黑色高跟鞋,衬托出修长的腿,使她身体散发出端庄的气韵,和研一时候见到的萧玉宛若两人。

"好久不见,你变得快不认识了。"王矗见到远处走过来的萧玉。

"晒得像个黑鬼,比包黑炭还黑,这哪像以前的小白脸!"萧玉走过来将王矗打量一番,取笑他说:"只不过这样,才更有男人味。"萧玉加了一句。

太阳还没有下山,地上的余热还有一些袭人。

"好久没吃鱼了,带你去学校附近最好的鱼馆吃鱼,怎么样?"王矗问。

"反正你熟悉,我就恭敬不如从命了。"萧玉对附近的一些餐馆不是很熟悉。

两人有说有笑地朝鱼馆走去。路过一家超市，王矗问萧玉要喝酒不，王矗还记得"光棍节"聚会的时候，萧玉像喝白开水一样喝了两大杯的白酒，将满座的男士吓得不敢大言的情景。

萧玉爽快地答应了，并说要告诉他一个好消息。王矗要她先说，萧玉说提前说就会失去在王矗心里发酵的意义。

坐上桌，小菜先到。王矗打开啤酒，给萧玉倒了一杯，将自己的杯子斟满。

"来，敬我们的萧大侠一杯。"

两人一饮而尽，又分别斟满。

"现在可以告诉我那个好消息了吧？"

"你猜吧？"

"买彩票中奖了？"

"本人从来不买彩票。"

"谈恋爱了？"

"本人不但谈恋爱了，而且在下个月就要结婚了。"萧玉兴奋地说。

这的确让王矗吃了一惊，内心一阵冰凉。

"真的？不会骗大爷的吧。"王矗开玩笑说。他看得出萧玉说话的神情是认真的，不像在说谎。

"大娘从来就不骗人。"两人哈哈笑起来，端起酒杯又干了一杯。

"他比我大三岁，是 W 城另一所大学的博士生，老家是俺家邻省的，他在我老家市区的大学教书，今年刚毕业。"

"哦，怎么认识的啊？"

"在他的单位啊。由于我工作的地方距他所在的大学近，所以周末的时候我经常到那所大学上自习，在图书馆的自习室认识的。"

"这么浪漫！是不是你们同时去拿同一本书啊什么之类的?"

"你还别说啊，真的是呢!"

"来为你的浪漫干杯。"

"我打算开学后就辞职，然后回去结婚。他们学校以引进人才的方式给了一笔安家费，他家再出一点钱，我们就将首付缴清，都快装修好了，装修好就结婚，结婚以后就等毕业。"

"大概什么时候呢?"

"可能国庆前吧！不想赶到国庆，国庆的时候结婚的人太多，饭店都订不上。"

"你们在一起多久了啊?"

"六个月了。"

王矗在心底默算一下，刚好是周华熙被审判不久。他怎么也没听古月谈起过，他觉得自己至今都不太了解萧玉。

"结婚时候打算请哪些人呢?"

"放心你是不会落下的！你是必须请的，俺一定狠狠挖你一把，到时候准备多大的红包?"萧玉撅着嘴问。

"我嘛就算了，还没挣到红包钱呢，可以欠账不，嘿嘿。"

两人不由得又笑起来。王矗看到萧玉脸上洋溢着的喜悦，发现她已经走出曾经的阴影，沉浸在结婚的兴奋和喜悦中。

此时，鱼端来了。王矗拿起勺子给萧玉盛了一碗鱼汤，也给自己盛了一碗，

"这个保密啦，说不定去不了呢！反正礼物是少不了的，放心吧！"王矗将自己的打算告诉萧玉，说完他又将话题扯到红包上。

"这样吧，到时候我从我们省会赶来，只不过可以不拿红包嘛，到时候我结婚你也不拿。"

"那可不行哦，谁知道你猴年马月结婚呢?"

"本大爷一下娶两个，你就给两个红包是不是?"

"那要看你的本事了。"其实作为古月的室友，萧玉是知道古月的所有事情。她没有告诉王蓊，她内心挣扎着，她不想王蓊的感情受欺骗。她知道从"光棍节"后，古月就和牛士琦联系起来，只是王蓊意识到的时候已经迟了。

看着王蓊在近零下三十度的天气在寝室楼下等古月，她犹豫，该不该告诉王蓊一切。

看着王蓊一天天陷进爱的漩涡，无法自拔。她不忍心，也无可奈何。她想靠近王蓊，可是每次靠近都是一种折磨。

当一切似乎都已告一段落的时候，作为导演的王蓊，却不知道其中还有一段折子戏。萧玉想隐藏起她所知道的一切。

"你就不想听听关于古月的事?"从吃饭到现在，两人都没涉及这件事，本可以避开的。但一旦提到，就不得不说下去。

"不想，都过去了，每个人都开始新的生活了。"

"往事何必再提。"王蓊唱了一句张国荣的歌。唱完，喝了一大口酒，苦笑着说。

"其实她也很不容易，你不必怪她，也不能怪她。唉，怎么说呢? 我觉得我作为你们彼此的朋友，该把一些事告诉你。"萧玉不顾王蓊的反对接着说，还特别把朋友两个字说得很重。

"其实他们交往也有大半年了，他是她父母介绍的，她没法拒绝，父命难违。你也知道，她家庭的情况。"

她本想将牛士琦和王蓊拿来比较的，但王蓊曾经说过，每一个人都是一个独立的个体，是无法比较的，只有健康积极怀着希望活着，那样的生活才是最幸福的。于是，放弃了这个想法。

"或许这就是命。她之所以没提前告诉你，和你分手，是害怕伤害到你。她真的是不得已。现实就是那么残酷，她想早点告诉你一切，因为放不下你，最后的离开只是方式不对罢了。"

"这个我清楚，我了解她，我也没怪她，只要她生活得好就行。"

"可是这两个月来她过得并不好。"萧玉的语气很低沉，她在考虑要不要将这两个月来发生在古月身上的事情告诉王翯，当说出"并不好"后，又不得不往下说。

"怎么啦?"王翯担心地马上问道。

"牛士琦到 W 城来的时候，我也见过他，还一起吃了饭，的确比较优秀。他们两人回去后，先见了双方父母。由于是父母介绍的，双方父母肯定没有意见。"

"我看古月对牛士琦不反感。他们也打算和我们在一起举行婚礼。可是那时……我真不知道该怎么告诉你。"

"古月过去不久，通过牛士琦家里的关系，在他们市区一家报社做实习编辑。她比较适合这个工作。等她毕业，她本可以找更好的工作，但为了家庭，她牺牲了自己。"

"无论怎么好的恋人，总会有一些小别扭吧! 有一天晚上，两人不知为什么事情吵嘴。大概也快十二点了，反正有些晚了。你知道公务员应酬多，那晚本来古月做好饭等牛士琦回家吃饭的。他正打算开车回家吃饭，单位要他去应酬。那时快八点了，牛士琦不得不去。本来他俩刚通过电话，还在谈论古月所做的饭菜，两人都很高兴，可牛士琦突然告诉她不能回家，古月要他推辞掉，他说不行，古月有些生气，刚好第二天是周末，他们本来打算第二天一起回古月父母家的。"

"于是，古月没有等牛士琦，收拾好东西，将手机一关，打的就回父母家了。"

"牛士琦吃饭回来，见不到古月，打电话也打不通。赶紧给古月的爸妈打电话，得知她正往家赶，牛士琦赶紧开车去追。本来应酬喝了一些酒，开车开得又十分的快，在路上出车祸了……"

"唉，她的性格该改改了，没事吧?"

"咋没事，走了……牛士琦挺爱她的，只是她有时太任性了。本来牛士琦家里要找她家打官司的。你想她家的情况，他们的负担。况且是酒驾，假如没喝酒，出事是另一回事。"

"古月也不能在报社待了，辞职在家，很自责，精神状态一直不好。有一次还自杀，幸好及时送到医院……"

说着，萧玉为自己的朋友流下了泪水。她接过王翯递过来的手帕纸。

"我也不知道该说啥……"王翯陷入沉默，将满满一杯酒干掉。放下杯子说，"看她造化吧，很多事情还是自己才能解决。"

"你不打算去看她？"萧玉问。

王翯紧紧咬牙，陷入沉思。

"暂时不清楚，希望时间能给我答案吧！"

萧玉没有过多地问，两人扯开了话题。

吃过饭，太阳已经下山，从空虚林立的大厦射进几束孤独的光。

古月那里早已夜色降临，她躺在床上，望着窗外深沉的天空，黑夜仿佛一只眼，带来远方的问候。

## 九

四个月后，王翯从工地启程，踏上了北上的火车。

王翯刚去古月的家不久，就把自己融进他们这个家里面。

一个人把精力放在关注一个人的生死的时候，似乎其余什么都不重要了。他每天都住在医院里面，古月的母亲按时给他们送饭。除回古月的家里面洗澡、换衣服外，王翯几乎是寸步不离古月。

心中有爱了，每一个动作，每一句话，都将被爱修饰。在王翯的悉心照料下，古月脸上的笑容变得多起来。她努力克制伤病带来的痛苦，只是想让爱她的人少担心一些。

她能清晰地感受到肺部带来的痛苦一天比一天剧烈。

王羲到来后，她的母亲空余时间多了，换着花样给她做吃的，尽管每一次她吃得很少，但为了不让母亲和王羲看见难受，她努力克制自己的痛苦，努力多吃一些东西。有时候，看见她累得满头大汗，古月母亲喂了一口食后，马上扭过头擦拭溢满眼眶的泪水。

其实病检报告早就出来了，全家人都在瞒着她一个人。以前半个月才回来看一次她的妹妹，三五天就请假回来陪她。她问过几次，她母亲都说还没出来。可是什么也逃不过聪明的她，她也不再问，冥冥中，她预感到不幸即将到来。

在这一波痛苦的巨浪中，每个人都努力表现出乐观，大家都站在这波浪前，谁也无法逃避，谁也不忍直视那个被波浪卷走却无力挽救的人。或许，含着泪的微笑是最大的宽慰。

她不愿继续花家里的钱，让本来债台高筑的家里雪上加霜。在痛苦的巨浪中，每一个人都是血肉至亲，都是至爱。每一次流泪，每一次呕吐，都像是死神在割彼此的肉。

王羲到古月家一周以后。一天早上古月的母亲送来两个人吃的早饭，因要去别的医院复查，所以等他们吃过饭后，拿着餐具就走了。古月的母亲刚走，护士就进来给她挂输液的瓶子，病房里面只剩下古月和王羲。王羲坐在古月的身旁，打算给她朗读特朗斯特罗姆的诗歌。王羲普通话不是很好，他边读古月边给他纠正读音，有时候一个字，古月要纠正好几次，王羲才能读得准。

王羲每读错一次，她就乐得发出笑声。在这欢愉之后，她沉郁的心情也舒畅多了。读了几首，她望着窗外雪后瓦蓝的天空和地上的积雪，开心地说："亲爱的，你还记得我们恋爱的第一天吗？我们在雪地里走进了我们的童话。"

"我忘了！"王�纛故意说。

"骗人！你不是说你每一天都写日记吗？"古月撅着嘴。

"我才没有把你写进日记呢！"

"讨厌啦！你能给我读读那时候的日记吗？"

"今天没有带来，改天吧！"

"好吧，别忘记啦！亲爱的，我好想去外面看看雪。你带我出去看看雪好吗？"

"怎么去呢？你不是还在输着液吗？"

"你去楼下借一辆轮椅，将输液瓶挂在垂杆上就可以啦，你真笨！"

"别去了吧，万一吹着冷风感染加重怎么办？"

"大不了就死吧！什么都怕，为什么我一个小小的要求都不满足我，好好的心情都被你搞坏了。"古月一下生气了，大声地吼道。接着是一阵咳嗽，眼泪簌簌地落下。她用力拔掉了正在输液的管子。

她的焦躁让王蘯无可奈何。

"结果早就出来了，你们为什么还瞒着我，是不是无法医治了？说啊！"古月继续大声哭着说。

"不是的，很快就会好的，亲爱的！别怕，一切都会好起来的！"王蘯安慰道。

古月的哭声引来了护士。

看着这样的场景，护士也无可奈何！

满是针眼的手臂上，拔掉输液管后血珠在古月苍白的肌肤上滑落。古月的咳嗽越来越控制不住，停不下来。王蘯边搂着边安慰着她。

一阵折腾后，古月似乎耗尽了力气，渐渐在王蘯的怀里睡着了。

护士又重新给她输上液，她被刺醒了，并没有反抗，睁了一下眼睛，又继续痛苦地闭上了。看着她安静的样子，王翥在她的额头上轻轻一吻，从床边拿起水壶去打开水。刚才的一番挣扎让她满身是汗，他打来开水，为她擦身子。

古月依旧安安静静地躺着。看着她一天天瘦弱下去，他无可奈何。或许，尽可能给她快乐，满足她的一些心愿就是当前唯一能做的事。

在她熟睡的时候，他去楼下借来了一辆轮椅，并将他晚上盖的被子铺在椅子上，放在她床边，等她醒来。

中午的时候，古月的母亲特意为他们带来鸡汤，古月吃了一大碗饭。饭后，王翥先去问了护士可不可以将病人推出去散散心，得到允许后，又跟她母亲说了将古月推出去一事，她母亲也同意了。

古月住院近两个月来，外面一直在下雪，加上她母亲忙不过来，所以没有带她到外面散心，走出医院，都是为了回家，让古月感受一下家的感觉。尽管上午发了一通脾气，但在王翥和她母亲看来，这次出院散心，她还是比较舒心。

王翥将她捂得严严实实，只露出两只眼睛，他生怕她吹着冷风，被感染了。

在感受不到温度的阳光的限域里，瓦蓝瓦蓝的天空肃穆得像一片精神的净土，眼泪溢出古月的眼眶，W市第一场雪中那个快乐的女孩去哪里了，在这万物之源的阳光中，她感到自己正在将生命之源还给自然。

看着被她日夜折腾而逐渐消瘦的王翥，作为女人，她曾想将后半生寄托于他，可是现在，她拿什么去偿还这份爱。作为女人，她多么希望和王翥有一个孩子，王翥是爱孩子的，甚至是孩子王，现在一切都太遥远了。

她多么想一走了之。可是面对着自己爱的人和爱自己的人，她又不忍心看着他们因为自己而痛苦，一阵阵的恐惧在心底翻滚着。

一切伟大的意义都在无言的爱的磁场中。王翥静静地推着她在医院的院子里走着。

如果本来就短暂的人生却要更加无限地缩短，生命的能量要在那么短暂的时间释放，这本身就是残忍而又无法面对的，可你又不得不接受。

在那个积雪覆盖的小院子里，在那么一瞬，古月感觉到自己走上一条空旷的大道，在大道上她像一只白色的鸽子，随时可以自由地舒展着翅膀飞翔。

她沉浸在幻想里，伸出手臂，手臂上白色的输液管像一扇横截在面前的龙门，她怎么跳也跳不过去，而且注定跳不过去。她吃力地扭过头，望了一眼王翥。

早上为了照顾她，胡子也没刮，黑而粗的胡茬在白净的下巴上，像一队青春的侵略军，吞噬着这个男人的青春，耗损着他生命的活力，剩下的只是这个男人的疲惫，这种疲惫逐渐让他变得成熟，懂得生活的艰辛，让他将曾经的理想沉入心底，在现实的层面直面生命的无常。

她想飞的热望被扑灭后，她本想像上午一样扯掉输液管，扔掉暖和的棉衣，快一点结束这场残酷的斗争，但她压抑住了，让火焰在内心燃烧起来。可是这场火几乎将她生命燃烧殆尽，她赶紧摘下口罩，由于过度地抑制，急火攻心，一股腥味伴着咳出的痰涌出，滴落在白色的雪上，像一枝残损的玫瑰花藏在雪地里，等着春天绽放。

这一下可把王翥吓坏了，等她稍稍缓过来一点，他赶紧推着她往回走。回到病房，古月瘫软得像一团棉花，整个生命萎缩了，任由王翥摆布，不说一句话，无论王翥问什么，她都只是点头或摇头。王翥将她抱上床以后，赶紧叫来医生。医生检查后，说并无大碍！只是病人情绪低落的正常反应。

　　王矗将医生送出门，医生才问王矗和古月的关系，王矗说是男朋友。医生说得叫直系亲属来，要商量一些事，并未说是什么事。王矗赶紧给古月母亲打电话。

　　古月的母亲到医院后，看见古月躺在床上静默而呆滞地望着天花板，强忍着不咳嗽出来，像一个植物人，见到她到来并没有扭头。看到自己心爱的女儿遭受如此痛苦，她的眼泪就扑簌簌地滴落！她忍着没有大声哭出来，而是退后走出病房！找到医生，医生问病人还有多少钱，如果钱不多，再留院两天，可以将病人带回家观察！医生并未说下文。

　　古月的母亲并未因王矗带女儿出去兜风而责怪王矗。生活的残酷早已洗涤了这位多苦多难的女人。无奈而几乎绝望的她抑制住哭泣，给她老公打了电话。

　　过度的克制使得古月身体反弹得更加厉害。在她父亲还未来医院的时候，她突然又大吐血，久未咳嗽的她一下咳嗽个不停。她的每一声咳嗽，都像一根毒针在刺激着王矗，看着她受苦的样子，他实在无法克制自己眼眶里面的泪。或许，这就是爱吧！

　　是的，从王矗决定来北方照顾古月开始，不管来自外界还是内心的阻力在他内心堆砌起来的壁垒就一直狠狠地捶打着这个二十几岁的男人。尤其是面对着未来这两个可怕字眼的时候，王矗一眼就看到了尽头，没有想象的余地！生命的美好在于当你在困境的时候，你总能看到比这更好的解脱和理想，可是这一次不是。这一次对王矗的考验是让他去接受几乎已经成定局的肉体的游戏。无论怎么样王矗都是输家，要么去接受一个荒芜的结局，要么去接受一个有传染病，甚至无法生育的女人。对于一个健康，有理想，不愿向生活低头的男人，这的确有些残酷。

　　当他面对着白雪覆盖的大地的时候，生活的苦难和命运的不公都在爱的雪域里被掩盖了。过去的一切都是过眼烟云，除了在经历者的心路上有着爱的脚印，其余的都淹没在滚滚红尘中。

对于生命，对于生活，对于工作，理性和情感，王蠹经历的种种，在他看来，一切都没有了意义。

当他踏上北行的火车的一瞬，他就暗暗接受了这败局。他不相信，他在幻想着生命的奇迹。但这么多天来种种迹象显示出他力量的苍白、人的无能。

他发现，只有在爱中，人才能宁静地生活，抵抗强大的死亡的结局，不管这个结局来得早还是迟。但他毕竟不是神，作为血肉之躯，他筑起的防线在这个下午彻底崩溃了。

在他对古月的爱里面，他仿佛把古月的肉体和灵魂都嵌入自己的躯体，古月的咳嗽，痛苦的眼神，一个苍白无力的动作都牵动着他的神经。当古月在走向生命的终点的过程中，他的整个精神像一片海一样随之干枯。

他不知道未来的日子还有多长，他还能坚持多久。他过去的努力都白费了，他试图在本是空虚的生命中创造出意义，可是他失败了。

在与死神相伴的日子，他的血肉之躯快被榨干了。当他暂时放弃一切将对古月的爱作为生命的信仰的时候，他完全沉浸在一个生命的重生的希望里面。可是，这种信仰的崩溃让他无所适从。

在古月的父亲还没有到来的时候，在焦灼的等待中，王蠹抑制住泪水，他必须显得坚强，强忍着，坐在床边握着古月渐凉的手，贴在脸上，小心翼翼地说："亲爱的，你怎么啦！有什么话就说出来啊！别憋在心里！"

王蠹还是忍不住，一行泪从脸颊上滑落。

看着熟睡的古月，那张曾经血色饱满、白皙洁净的脸，现在却颧骨凸显，本来就只有巴掌大的脸，此刻，只剩下皮包骨头。突然，王翥心头冒出可怕的想法，这个想法不是第一次在他心里出现，当他面对这个想法的时候，他异常冷静！面对眼前的一切，他已经无能为力了，他已经相信并接受眼前的一切，过去的经历让他心里燃不起一丝希望。

在白色的床单、白色的病服、白色透明的输液管、白色墙壁渲染的氛围里，他眼前出现了幻觉，他感觉古月在变小，从一个成熟的女人，逐渐变成少女、女孩、婴儿，变成原始的一团轻烟。

他颤抖的手死死将氧气管捏住，熟睡的古月在一阵痉挛中醒来，但她早已无能为力，她使出最后的一点力气想从一团轻烟重新回到成熟的少女的状态，她挣扎着。王翥用一只手压住她的双腿，另一只手按住她的嘴和鼻，在不到五分钟的时间里，一切都恢复平静了。

看着那张熟悉的脸，他深深地献上一吻，抱着还有些余温的躯体走向窗外。

# 后　记

## 一

写了两年的《雪地的密码》终于告一个段落。本来该高兴才是，可总也高兴不起来。眼泪在眼眶里打着转，我努力不让它们滴落下来，好像小说中的王蓁一样，他无数次地告诉自己要坚强，像个男人一样将苦衷留在心底，不能为生活流一滴泪。

寝室里只有我一个人，我想大吼一声，当我张开嘴，我却哑言了。在这样一个陌生的城市，内心里有千万个吼叫的理由，我却找不到一个借口让自己释然。小说写到最后，我越发控制不住自己。我也不想要那样一个结局，包括萧玉的结局，原计划根本没那么美满，所以我最后才动笔写她，可仍然草草收尾。想着真实的结局，我常常失眠，一夜又一夜。我怕在夜里写关于她的那一段文字，所以我放在白天，仅仅几百个字，这是我最不满意的结果，但却无能为力。

整个结尾，我边写边想，差不多用了半年时间。随着情节的发展，好多次我写好又作废重写。比如写到古月一时疏忽忘掉摁下那一键的时候，仿佛我就成了王蓁，我也跟着用拳头捶打着墙壁，但这样的情节纯属虚构，我只是在寻找一种体验而已。

可能有人会说，王蓁就是我自己的影子和经历，这句话只有一半对。是的，小说人物毕竟有原型，我承认，里面的王蓁有一些我自己的影子，我也做过记者，但仅此而已，小说中人物几乎全为虚构。我不希望朋友们张冠李戴地去将文中的人物和我身边的人一一对应，这是错误的，也是可笑的。我相信我身边的朋友们还是理解我的，知道我想表达的是什么。

其实我们每一个人都是孤独的，从出生到死亡，生命中含有无限的孤独，孤独的来源也是多样的。生活在同一个时代，我们面对着种种的生活困境，存在共性，所以我所写的内容，可能在一些人心里产生共鸣。

曾经我也无数次问过自己，在现实社会中，每天发生的事情林林总总，随便拿出一件和小说中描写的比一比，都要更加复杂、离奇，没有必要耗费精力将自己所思所想写出来。

这部小说构思了两年之久，我总要把想法付诸行动。我喜欢文字，我只是想做一个记录者。尽管记录得不全、不详细，但我总要对得起我自己的生命。我越来越发现，我的文字，包括日记、散文、小说、诗歌，这些零零散散的文字，就是我的生命轨迹，它是独一无二、无法代替的。

我很清楚，在写作过程中，由于能力的不足，很多语句描写和技巧运用不是很娴熟。那我就作为一种尝试吧。以前我经常用日记记录我的所见所闻，我用小说来表达相当于换一种方式思考。不管小说还是日记，都是我存在的方式，让我在忙碌的日子里，不至于迷失自己，知道还有文字，自己还活着。

这部小说我将献给我的父母，也献给我自己，我的二十七岁生日即将到来，算是送给自己的一份礼物吧。

我们都是世界的孤儿，是悲剧的土壤中成长的野草和花朵。只有在爱中，我们才能成长，那是我们的精神养料，和阳光一样，是我们生命不可缺的元素。只有在爱中，我们才能好好面对生命中的苦难。不管怎样，我们都要坚强。

2013 年 9 月 12 日 18：14 于寝室

## 二

这部小说初稿写好整整两年了。前一次写后记，日子临近我生日，这一次，刚好也是。

这两年东奔西走，完全将自己放逐在生存的空间中。可是在空闲之余，这部拙作，好像是甩不掉的幽灵，时常使我不安。为了更加安宁地生活，我必须使它见诸阳光，于是，我不得不重新拾起旧稿，修改曾经稚嫩的文字。

今夜总算给了自己一个交代。

每一个创作者都是灵魂的裸露者。写作，仅仅是一种坦白。他们将自己的经验进行梳理，用文字的方式呈现出来。如果不是一个利益的追逐者，爱好文字的人，是最脆弱的，因为他的文字就是他的全部。读者通过文字窥见他的内心，他们手无寸铁，最不善于保护自己。他们是真诚的，他们只想对自己的生命负责，对自己的生活负责，对自己所做的事负责。

或许，正是由于他们的脆弱，他们才学着去爱，去关心世界，像海子一样，关心粮食和蔬菜。

当然，我并没有那么伟大。我仅仅是自娱自乐，从这一点上来说，我是自私的。这两年，经历了一些事，见过一些人，我时常感叹于命运的无常，人的无力。正如王矗一样，他是一个有理想的人，他不乏努力，每一天都在寻找，在迷惘中一步步向前，却四处碰壁，没有一块乐土可以将余生安放。他和很多当代青年一样，越努力，越走投无路。他已经无力走向未来。哪怕他在爱中，他也感受不到希望。在爱中，他收获的不是价值的存在，而是价值的毁灭，最终他选择了走向雪国。

有朋友说，该给王矗这样的人一条路，只有我才是他命运的引路人。我又何尝不想，可我也无能为力。包括古月，她也是心中有爱的人，可她无法左右自己。命运于她而言，似一个毒咒，她无力反抗。她在徘徊中毁掉了自己。这不能怪她。怪谁，其实我也没有答案。

由于自己的懒惰，加上才疏学浅，初稿在两年前就成型，这次仅做修改，并无更多的变动。我只想给自己一个交代，但我并不满意。只希望在今后的岁月里，受惠于苍天，赐我才情和灵感，以弥补我的不足。

2015 年 9 月 23 日，凌晨 3∶33